利　休　の　死

戦国時代小説集

井上　靖

中央公論新社

目次

利休の死　戦国時代小説集

桶狭間

天文十九年三月三日のことである。

この日は、喪を一年に亙(わた)って秘めていた織田信秀の法要が万松寺で行なわれることになっていた。信長は父の法要であるから厳粛盛大に取り行なうように命令していたが、万松寺へ出掛ける時刻が来た時、ふといつもの癖が出て、莫迦莫迦(ばかばか)しくなって来た。なるべくなら出掛けたくなかった。

「お時刻でございます」

と、三度目の近習(きんじゅ)の催促である。

「やはり出掛けねばならぬか」

「御冗談は――」

「冗談ではない、何か面倒臭くなった」

「他のことと違います」

「よし、直ぐ支度する」

そう言っておいて、信長はなかなか腰を上げなかった。

「十七歳にもなって、何というたわけだ！」

と、老臣どもや城下の町人たちが又うるさく言うだろう。それを思うと、行くだけは行かなければならないかと思う。

父の霊を軽んずる気持は毛頭ない。父の死に依って一番大きい打撃を受けている者は自分である。合戦をする度に父が生きていてくれたらと思う。

父の死を一番深く悲しんでいる者も自分である。父の事を思い出す度に、もうあれ程自分に深い愛情を持ってくれる人物はこの世の中に生きていないのだと思う。胸に大きな穴ができて、そこを風が吹き抜けて行くような気がする。

それでいいではないか。なぜ衣服を整え、香を焚(た)き、坊主の経を黙って聞いていなければならぬのか！

そういう世間の慣習だから、俺も亦そうやらなければならぬのか！　法要は盛大にやる。何百人の家臣は恭しく焼香せねばならぬ。併し俺だけは別にしてくれ！

本当を言えば、俺自身にも、なぜこんな気持になるのか判っていない。判っていないが、兎に角嫌なものは嫌なのだ。

「中務様が御迎えでございます」

「出たと言え」

信長は立ち上がった。平手中務政秀は苦手である。幼時からこの人物によって訓（おし）え育てられているので頭も上がらないが、そんなことではない。この老人の一徹な律義（りちぎ）さがうるさいのである。中務が来た以上出掛けねばなるまいと思う。

「お支度を――」

近習の一人が肩衣（かたぎぬ）、他の一人が袴（はかま）を捧げ持って来た。

それを見ると、信長は、無性に腹が立って来た。荒々しいものが身内に沸き立って来た。

「馬の用意をせよ」

そう呶鳴（どな）っておいて、席を立って行った。

暫（しばら）くして、城の大手口へ姿を現わした信長の風采は異様だった。髪は茶筅（ちゃせん）に巻いたまま直してない。袴はつけていない。長柄の太刀脇差を縄でぐるぐると巻いている。

誰も何とも言わない。うるさい老臣どもは既に万松寺に詰めていて、今日は城内はからっぽである。

馬へ飛び乗る。見事である。

見ていて見事な許りではない。信長自身馬へ乗る瞬間が、下半身がさあっと馬の腰に沿って宙に閃くその瞬間が好きである。自分がいかにもあるべきありようをしている感じである。併し惜しいことには、この感じは一瞬である。何事でも行動に移ろうとする瞬間が堪まらなく好きである。四、五年前まで、三月から九月まで、毎日のように川で泳いだが、あれも水へ飛び込む瞬間が好きなのである。

馬が駈け出す。信長の気持はさっと立ち直る。これも惜しいことに瞬間で消える。信長はぐんぐんと馬を走らす。振り向いてみると、誰もついて来ない。

桜はいつか散り終って、春と言うより初夏に近い感じである。城下を斜めに突っ切る。万松寺の土塀に沿ってまっしぐらに駈け、大きな高張提灯を吊した山門の前でぴたりと馬をとめる。

一歩寺内へ入ると黒い幔幕が張り廻されてある。両側に家臣と寺の僧侶たちが並んでいる。筵道の上を信長は悠々とした歩き方で歩いて行く。まっ直ぐに本堂に入り、右手に設けられてあるそれと判る自分の席に着く。

本堂の中には、何十個処かに燈明の火が赤々と燃え、信長が座へつくと同時、読経の声がわき起る。何百人の僧侶たちの唱和する低い音声が、独特な人間の心を圧迫するような盛り上がり方で次第に高まって来る。

袖が引かれたので振り返って見ると、林佐渡守が、

「御服装が――」

と言う。それに対して信長は返事をしない。聞えない振りをして横を向くと、二間程先きの大きな柱の横に坐っている平手政秀の眼にぶつかった。

怒っている眼である。

そこから眼を外して戸外を見ると、本堂の前の広場には柵がしてあり、黒山のような人である。

今度は軽く背をつつかれた。信長は今度も亦知らん振りをしている。

「御着換えを――」

又林佐渡守である。

「着換えはせぬ」

「なりません」

相手の顔は必死である。

「せんと言ったらせん」

少し怒りと悲しみを帯びた顔付をして、諦めたのか、相手はそのまま引き下がって行った。

俺の気持が解らんとは情ないことである。併し、自分にも解っているとは言えない。自分の場合、世のしきたりとは少し違った斯(こ)ういう事をしないと、自分の気持が納得しないのだ。何か斯うせずには居られないものが、身内を充(みた)しているのだ。

父上には解っている筈だ。父上も若い時はこんなだったかも知れない。

僧侶の一人が信長の前に進み出て来た。

「御焼香を」

信長は立ち上がって祭壇の前に進み出た。

堂外の群集の中からどよめきが起った。そのどよめきは次第に高くなって行く。異様な信長の風体に驚いた喚声である。

仏前で丁寧に頭を下げてから、

「父上！」

と、信長は心の中で言った。

そして、次の瞬間、抹香（まっこう）を右手で握ると、いきなり信長はそれを仏前へ投げつけた。

微かな驚きの声が堂内のあちこちに起り、大きい喚声が堂外から起った。

父上は憤（おこ）って居られないと思う。父上はこんな俺が好きだったのだ。

ざまを見ろ、俺は別物なのだ。そんな気持である。

信長に続いて、信長の弟勘十郎が席を立って行った。折目高な袴肩衣の装束である。その尤もらしい恰好と威儀を正した立居の仕種（しぐさ）が、信長にはひどくくだらなく思われた。そしてそのくだらなさは、いろいろな人間に依って、それから次々に引き継がれ、いつ果てるとも思われなかった。

信長は又老臣どもがうるさいかなと思ったが、席を外すと堂外へ出た。父信秀の法要も、これで恙（つつが）なく終ったというものである。

信秀の喪を明らかにして、法要を行なった以上、駿河の軍勢は雪崩を打って尾張へ殺到するだろう。一族の中でも離反するものは離反し、反抗するものは反抗するだろうと思う。俺も来年は十八歳である。何かをしなければならぬ。自分が体の中に持っているものが、燃え上がり、燃え尽きるようなことをしたいと思う。父もそうした自分と同じようなものをもっていたであろうか。又そうした事を父はしたであろうか。生きているうちに訊いておくべきだった。

父の死の思いが、暫くの間、信長の心を静かにした。信長は万松寺の長い廻廊を、大股で奥の方へ歩いて行った。信長がどこまで歩いて行っても、本堂の読経の声はある華やぎを持った哀調で彼を追いかけて来て、彼を包んでいた。

三年経った天文二十二年一月のある日のことである。

信長は一騎駈けに名古屋より三里程の田舎へ駈けた。信長の好きなものははっきりしていた。第一が合戦の話、第二が鷹狩と川狩、第三が馬である。小さい時からこの順序は変らない。父の生存中も死後も少しも変っていない。これ以外に自分の心を文句なく引きつけてくれるものはない。

馬も一騎駈けが好きである。行きたいところへ行き、駈けたいところへ駈けることが出来る。その時の気分次第でどこまでも駈けることも出来るし、急に馬首を回らして城内へ駈け込むことも出来る。

信長は馬がひどく疲れていることに気付いた。川の縁りで、信長は馬から降りると、馬の口を洗ってやった。

馬の口を取って地上に降り立っていると、全身の汗が急に冷たく感ぜられて来る。川の水の色もまだ黝(くろ)ずんで冷たい。まだ帰りの三里の途があるので、信長は暫く馬に休養を取らせ、又一息に名古屋まで駈け帰ろうと思った。

その時遠くで馬蹄(ばてい)の音がした。振り向くと、街道を一騎こちらに駈けて来る。騎乗の姿は関口太郎兵衛ではないかと思う。なかなか見事である。

冬の冷たい大気の中を馬蹄の音が冷たい澄んだ響で次第に大きくなって来る。何か急用でも出来たのであろうか。よし引き離してやろうと思う。

近寄って来るのを見ると、やはり関口太郎兵衛である。関口の馬が、田圃の小川を大きく跳躍して跳び越え、馬首を回らすとまっ直ぐにこちらに駈けて来る。

関口が駈け込んで来た瞬間、信長はひらりと馬の背に跳び乗った。

「殿！」

背後で関口の声が聞えた。が、その時は既に信長の馬は駈け出していた。

「殿！」

又声が聞える。一丁程駈けた。関口は執拗について来る。時々「殿！　殿！」を連発している。ひどく苦し気である。

次第に信長は関口太郎兵衛を引き離して行った。が、その時、信長はふと馬の速度を抑えた。関口が背後から叫んでいる声の中に、平手という声が聞えたと思ったからである。と、その信長の耳に、こんどははっきりと関口太郎兵衛の大柄な体に似合わぬ、細い衝(つ)き透るような声が響いて来た。

「平手政秀様御自害！」

信長は耳を疑った。そんなことがあって堪まるか。中務とは昨日顔を合わせた許りである。

次の瞬間、

「平手政秀様御自害！」

その叫びと一緒に、関口太郎兵衛の馬は駈け込んで来た。勢込んで駈け込んで来たので、急に信長の前で馬勢を止めることが出来ず、半丁程駈け抜けて、関口はそこから引き返して来た。そして馬から降りると、頭を下げたまま言った。

「平手中務政秀様、未(ひつじ)の刻、志賀村で御自害なされました」

陽の翳(かげ)ったうそ寒い厳寒の平原のまん中に信長は立っていた。四方に霜枯れた冬の田圃が拡がっている。一本の樹木らしい樹木も見当らない。

平手はあるいは本当に自害したかも知れないと思う。自害したと聞くと、いかにもいつかは自害しそうだった気がする。なぜ自害したのだろう。俺が父に代ってあのように頼りにしていた平手はなぜ自害したのだ。

「しかとそれに間違いはないな」

「間違いはございません。太郎兵衛、急のお報せでお邸に伺い、この眼で御生害(ごしょうがい)のお姿を見届けました。ただいま御老臣みなさま、詰めかけて居られます」

「遺言があったろうな」

「そう承って居ります」

「俺宛の——」

「はい」

「平手は俺以外は遺言は認(したた)めんだろう」

信長は、

「続け！」

とひと言言うと、いきなり馬に跨(また)がり名古屋に向かった。

その翌日、信長は早朝から鷹狩に出掛けていた。

御行跡不正ニ付テ憚(ハバカ)ル所ナク申上ゲ候

癖のある平手政秀の遺書の表に書き記されてあった字が眼にちらつく。御行跡不正とは何だろう。老臣平手政秀が自刃しなければならぬ程、俺の行跡は不正だったろうか。

差し当って平手が自害したその翌日、鷹狩に出るのが行跡不正とでも言うのであろうか。この信長は改心して喪に服しているべきなのであろうか。平手の死に手痛くやっつけられたのは、天下でこの俺一人だ。俺にとっては、千万の兵卒を失うよりも辛い。鷹でも放っているより他に、気持の晴れようがないではないか！

山裾の沢から出た雉（きじ）が捕えられた。

「それをもて」

と信長は近くの者に向かって叫んだ。

雉は喉笛をひどく咬（か）まれている。一咬でやられている。まだ体温はある。そのなま暖かさが信長の手に伝わると、信長はいきなり口に手をかけて、それを引き裂いた。そして、

「平手、これをくらえ！」

と、高く叫んで、宙に投げた。いかにも、その空間のどこかに相手でもいそうな、そんな力の籠ったぶつけかたであった。

雉を投げつけると、信長は供の者に移動を命じた。もう一里程先きの山の部落へ行ってみたくなったからである。二つ目の部落を横切った時、何人かの村童が、冷たい川へ入って、川を乾して魚をすくっているのを見た。信長は馬を停めて、暫くそれを眺めていたが、子供たちの居る少し上手で、一匹の魚が浅瀬に乗り上げてはねているのに目を留めると、

「あそこじゃ、あそこじゃ」

と子供たちにその魚の方を指し示してやった。子供たちが二、三人その方へ、足で水をはねながら進んで行った。やがて一人の子供が魚を掴まえて、それを両手で捧げて、信長の方に示した。

「それをくれぬか」

信長は言った。

「嫌じゃ」

子供は驚いて、その魚を背後に匿した。堤にいた子供の親らしい女が周章てて半分川へ入り込んで、子供の手から魚を奪ると、怖る怖る信長の前に進んで来た。

「ただ今、藁で巻きます」

「いや、そのままで結構だ」

そう言って、近くの供の者に、

「子供たちに何か取らせろ」

と言うと、信長はその七、八寸の山女らしい魚を手で受け取り、それを掴んだまま、その場所から離れた。そして半丁も行かぬうちに、

「平手、これをくらえ!」

と叫ぶと、その魚をまた宙に投げつけた。魚は左方に一間程空を切って飛び、溝の横の草叢の中に落ちた。

次の瞬間、信長は又駈け出していた。何のために平手は死んだのだろう、その疑問が又、信長の心の中にむくむくと頭を擡げて来た。

悲しみと怒りの混じり合った気持が、信長に馬をめちゃくちゃに駈けさせた。

御行跡不正とは何だろう。馬の尻に逆しまに乗ることを言うのか。茶筅に頭を結ぶことを言うのか。火打袋と瓢簞を腰に結びつけることを言うのか。父の法要の時、袴を穿かず、抹香を摑んで仏前に投げつけたことを言うのか！　俺にはすべてが自然なのだ。わざとやっているのではない。あのようにしていないと、心というものが静まらないのだ。あれ以外、どのような仕方もないのだ。俺の持っているものが、あのようなものなのである。ああしなければ、信長らしくなくなるではないか。平手政秀には、それが解らなかったのだろうか！

その日、信長は夜になって帰城した。

平手中務政秀の家の前を過ぎた時は戌の刻であった。邸内にはあかあかと火が点され、門前を人の出入りが烈しかった。

「平手！　山鳥はうまかったか、魚はどうだった？」

信長は、そんなことを心の中で呟きながら、鷹狩の衣裳のままで、平手政秀の邸内へ入って行った。

「殿のお越し！」

そうした声がどこかで起ると、それは次々に奥に伝えられて行った。

大勢の武士たちの平伏している玄関の式台を踏んで、信長は奥へ入って行った。咎めるような烈しい幾つかの視線を信長は顔に感じた。感じたが直ぐ、それを忘れて仕舞った。忘れたのではなく、平手政秀が既にこの世にいない淋しさが、信長の足の運びを急に大きく荒くさせたのであった。

鳴海城主山口左馬助及びその子の九郎二郎が、大たわけ者の評判の高い信長の将来を見限って、今川に款を通じたのは、信秀歿後間もなくであった。

この報を聞いた時は信長はたいして驚かなかった。多くの武将の中で、何人かは自分から離れて行くだろうと思っていたからである。その中の一人がたまたま、山口左馬助であったというだけのことに過ぎない。

信長は山口の離反の報を受けた時、一人の娘の顔を思い出した。その娘は山口左馬助の娘であるか、妹であるか、はっきりは知らなかったが、左馬助の縁者であることだけは確かであった。

信長はその娘に一度だけ会ったことがあったが、信長は妙にその女の顔を忘れることが出来なかった。眼が潤んだように黒くて色の白い女であった。少しぽかんとしたような気の抜けた感じだったが、信長はその女の珍らしくこせこせしていない感じを得難いものだと思った。天晴れだと思った。

山口左馬助がいつか名古屋の城に伺候して来た時、その娘は彼に従って城中に姿を現わした。信長は本丸の奥の座敷で、その女と擦れ違った。

信長は立ち止まって、その女が頭を上げるまで待っていた。やがてその女は頭を上げた。信長は、その女がふと苦しそうに笑いをこらえているのを、不思議な気持で見詰めていた。やがて信長は、くるりとその娘に背を向けると歩き出した。笑いをこらえている顔が、妙に印象に残った。自分は少し股を開き多少口を開けていたかと信長は後で思った。それで、そんな自分が可笑しくて、あの娘は笑おうとしたのかも知れなかった。無礼と言えば多少無礼であった。併しその無礼さが、他の女とは別物に信長には見えた。

山口父子が離反した時、信長はその事にはさして大きな感慨はなかった。ただあの娘が敵方になったと、その事をちらっと思い出しただけの話である。その娘のことも、それで忘れて仕舞った。

山口左馬助が、その後大高、沓掛両城を取ろうとするに及んで、信長はその時初めて、このちょこざいな叛逆者に一撃を喰らわそうと思った。

左馬助は鳴海の城には山口九郎二郎を置き、自分は中村郷に立て籠り、笠寺に取手の要害を造って、そこに今川の武将を引き入れて、第二次の侵略に移ろうとしていた。

天文二十二年四月十七日のことである。信長は鳴海表へ出陣した。八百の手勢を率い中根村を駈け通り、小鳴海へ入り、三ノ山へ布陣した。敵山口九郎二郎は千五百の人数を率いて十五町離れた赤塚の里に陣を張った。

この日は激戦であった。両軍とも数間のところまで迫って、互いに矢を射ち合った。巳の刻より午の刻まで激戦が続いた。手近い合戦で、敵味方共に首を取る暇がなくて討ち捨てにしたほどであった。お互いに顔見知りの者が多く、両軍に捕虜も出たが、一息入れるとそれを交換したりした。そんなところはちょっと類のない合戦だった。

敵将九郎二郎は信長と同年配か、一つか二つ年長だった。一度単騎で信長の陣営深く駈け込んで来た。信長は打ち果せるなと思った。併し、遮二無二、相手を取り囲む命令を下さなかった。

その日未の刻、信長はさっと軍を引いて、名古屋に引き上げた。名古屋へ帰る途中、九郎二郎を打ち果せば、打ち果せたものを、打ち果さなかったことが、ひどく不愉快だった。あのいつか見た娘の近親の者であるという事だけのために、自分は九郎二郎を見逃してやったのではないかと思った。自分に迫って来た九郎二郎の決死の形相とあの色の白い娘の顔は、そう思ってみると似ているようであった。

併し一度見逃してやったという事で、兎も角義理が済んだような気がした。相手への義理ではない。自分の気持への義理である。今度機会があったら、山口左馬助父子を引っ捕えて八つ裂きにしてやろう。今度こそ容赦はしないだろうと思った。

信長はここ何年鉄砲は橋本一巴に、弓は市川大介に、兵法は平田三位について学んでいた。併し、名も知らぬ山口左馬助の連れて来た一人の娘に学んだ事の方が大きかったと思った。

その夜城内では、櫓々で酒宴が張られた。信長は、ある櫓の下で、一人の年老いた武士が舞を舞っているのに眼を留めた。

「人間纔か五十年、化転の内を比較ぶれば、夢まぼろしの如くなり。一度生を受けて滅せぬ物の有るべきか」

その老武士は合戦の装束のままで舞っていた。それには四辺の空気を鎮める不思議な美しさがあった。

「あれは誰だ」

信長は近習に訊いた。誰も知らなかった。

そこで近く召して、名を名乗らせた。今日の合戦で二人のわが子を討死させた足軽水越平助と言う者だということであった。足軽にしては珍らしい風雅の徒であるので、信長は褒賞をとらせ、舞を誰から学んだか訊いた。

「清洲の町人友閑と申す者でございます」

と相手は答えた。信長は他日清洲をわが手中に収めたら、自分もその友閑なる者を召して、敦盛の舞を習いたいと思った。

信長はそれから櫓々を一巡して、再び足軽水越平助の居る櫓へ来てみると、又水越平助は同じ敦盛の舞を舞っていた。

「人間纔か五十年、化転の内を比較ぶれば――」

今度は、信長は声をかけず、それに見入り、聞き入っていた。自分の身内にある荒々しい得体の知れぬものを少しも弱めることなく沈める力をそれは持っていた。赤々と燃えている篝火（かがりび）の光で、雑兵水越平助の影は、信長の立っている足許まで大きく伸びて、ゆらゆらと揺れていた。信長は若し自分が今宵この水越平助の舞を見なかったら、自分の心はどんなに荒れ騒いでいた事であろうと思った。

合戦の話と鷹狩と川狩と馬とのほかに、信長の好きなものとして新しく敦盛の舞が入った。

信長は昔からの対抗勢力である美濃の斎藤道三の娘を妻として迎えた。信長にとっても、斎藤山城入道にとっても、この婚姻は多分に政略的意味を持っていた。

信長は斎藤道三の娘濃姫を妻とはしたが、舅（しゅうと）である斎藤道三にはまだ会う機会を持たなかった。

「聟（むこ）舅となりたれども対面申さざること誠に本意なき次第也。近日富田の庄正徳寺の院内まで参るべく候」

こうした斎藤山城入道からの書面を持った使者が信長のもとまで来たのは、天文二十二年の初夏であった。聟の分際で挨拶にも来ない信長の非礼を暗に詰ったものであった。

その日斎藤道三は七百余人の供を古式に装束させ、富田に到着、定刻に一向宗の名刹である正徳寺の本堂の縁に威儀を正して居並んでいた。

信長の方は相変らず異風であった。例に依って髪は茶筅に結い上げ萌黄の平打の糸で巻き、浴衣染の明衣の、袖を解いたものを着、刀脇差大小共藁縄で巻くこと常のようであった。そして又、火打袋、瓢箪など七、八つ腰につけ、虎と豹の皮を縫い合せた半袴を穿いて、馬に乗ってやって来た。併し供廻りは堂々としていた。弓鉄砲の者五百人、三間柄の朱槍五百本を押し立て、徒歩の若党百人を先頭に、七百人を後に歩ませた。

信長は山城入道を舅とも、新しい縁者とも思っていなかった。彼が相手に隷属するか、相手が彼に隷属するか、二人の関係はそのいずれかの一つしかあり得なかった。

信長は富田に着くと、予め定めておいた休憩の寺に入り、そこで髪形装束を直した。信長はこの時初めて折髷に結い、長袴を穿き、小刀を差した。信長は生れて初めて世の風習の中に自分の身を投げ込んだ。そういう事をする事が、この時信長には少しも不自然ではなく思われたからである。

信長は正徳寺に着くと、本堂の階段をするすると上がって行った。

「早々御着　忝　く存じます」

縁に控えていた山城入道の家老堀田道空、春日丹後が差し向いて会釈したが、信長は聞えぬふりして受け付けなかった。面倒臭くもあったし、山城入道以外の者を人間とは思っていなかった。

大勢の武士の居並んでいる前を通り抜け、柱の横に着席した。その坐り方はひどく静かであった。信長は静かに坐ろうと思って坐りはしなかったが、それは一座の者には静かに見えた。

堀田道空が信長のところへ膝を擦り寄せて来て、

「山城守殿でございます」

と言った。その時奥の屏風から舅の斎藤山城入道が現われて、敷居の内にぴたりと坐った。

「そうか」

短く答えて、信長は立ち上がると、敷居を跨いで、斎藤道三の前に坐った。そして信長はそこで頭を下げ、初めて妻の父の顔を見た。信長はいつか自分の前にひれ伏すに違いない男の顔を見た。あるいは自分の手で討たれないとも限らぬ男の顔を見た。

山城入道は山城入道でまた聟（むこ）を遇するに鄭重であった。大たわけの風評を持つ年少の敵に対して、一分の隙も示さなかった。

酒宴が張られたが、それは長くはかからなかった。盃を交わし、湯漬の食事を終ると、

「又、いずれお目にかかりましょう」

と山城入道は言った。

「では——」

信長は一礼して席を立った。

山城入道の人数が二十町程、信長の行列を見送った。美濃の勢力と尾張の勢力のぶつかり合いであった。信長の行列の槍の方が長く、山城入道の人数の槍の方が短かった。

信長は二十町許り行った時、山城入道に見送りを謝し、そこで別れた。

信長は、山城入道という男を好きだと思った。縁組しておきながら、微塵もそれに依る心のゆるみは見せなかった。あの男なら娘もろとも娘の聟を立ちどころに斬るだろうと思った。信長は、そうした斎藤道三を父に持った妻に、この時初めて夫としての愛情を感じた。


五年経った。尾張の東部一帯に戦雲が漲り始めたのは、永禄元年である。大高、沓掛両城は叛逆者山口左馬助父子に依って奪取され、ために今川義元の勢力は織田信長の所領に滲透して来ていた。

この頃、信長に取って思いがけない出来事は今川義元が、山口左馬助父子を殺害し、鳴海、沓掛、大高の諸城に自分の信用できる家臣を守将として置いたことである。山口父子が義元の手で殺されたことを聞いた時、信長は莫迦な奴めがと思った。他人の事であるが腹が立った。そしてあの娘はどうなったかなと、ちらっと色の白い女の顔を思い浮かべた。なんの根拠もなかったが、その娘は駿河に送られでもしたように思えた。そして漁色家の噂高い義元の傍で、その娘が綺羅を纏っている姿が眼に浮かんで来た。

更に二年の歳月が流れた。

今川義元が駿遠参の大軍を率いて尾張へ侵入しようとしているという報を信長が受け取ったのは、永禄三年五月のことである。信長は二十七歳になっていた。奇矯の言動が、以前程目立たず、平手政秀の所謂「御行跡不正」が、幾らか静まって見えた頃であった。

今川方の鳴海、沓掛、大高の三つの城に取り囲まれるようにして、織田方の鷲津、丸根の二つの砦があり、さらにその附近に丹下、善照寺、中島の小砦が散在していた。

今川義元が大軍二万五千を率いて丸根、鷲津両砦の攻撃に移るために、沓掛城に入ったのは五月十八日であった。そして事態の急が丸根砦の守将佐久間盛重に依って、当時名古屋より清洲に移っていた信長に報ぜられたのは十八日の夜であった。

鷲津、丸根の二つの砦はそれぞれ守兵僅か四百に過ぎず、今川の大軍の前には、清洲から救援のない限り、施す術のない状態であった。併し、清洲の信長の兵力も四千内外で、今川の大軍の来襲に対して、城で守るか、打って出るか、清洲の老臣たちの態度は容易に決まらなかった。林佐渡守は、終始清洲が名城であることを説いて、城に立て籠って闘うことを主張した。

信長の心は決まっていた。出でて闘うことであった。

「宜しく国境外に闘うべしとは、亡き父上の常の訓えである」

信長のこのひと言で、織田軍の将士の態度は決まった。信長は以前からいつか一度は斯うした事態が来ると思っていた。が、それがこんなに早くいまやって来ようとは考えていなかった。併し、それが来てみると、来なかったより来た方がよかったと思った。

勝算など全然持っていなかった。が、敗けるとも思わなかった。運が強ければ勝ち、運が弱ければ一命を今日明日に棄てるだろう。信長は自分のやりたいようにやるだけだと思った。亡き父の言葉で、老臣たちの考えを抑えたが、それは父の言葉ではなかった。彼自身の考えであった。幼時から何事でも自分のやりたいようにやって来たが、いまもそのようにやりたかった。作戦の上ではどうか知らぬが、出でて闘う以外自分の気持が納得できなかったのである。

信長はぐっすり眠って眼を覚ました。眼を覚ますと、直ぐ床を出て広間へと出た。

「何刻か」

と信長は声を大きくして叫んだ。

「夜半でございます」

と、さいという奥女中が顔を出した。信長は直ぐ甲胄（かっちゅう）を持って来るように命じ、湯漬を申付け、馬に鞍を置くように言った。

近習の者が五、六人立ち現れた。信長は二人の者に手伝わせて、具足を締め、そこへ運ばれて来た昆布勝栗の膳に向かい、立ったままで飯を食べた。

それから床几（しょうぎ）に腰を掛けて、小鼓（つづみ）を取って、「人間纔（わず）か五十年」の謡を謡った。信長はこの一番しか知らなかった。いつか足軽の老武士の舞を見てから、これが好きになり、清洲の城を手中に収めてそこに移ると、直ぐ町人友閑という者を探し出し、彼からそれを習った。

謡い終ると、信長は出発の合図の法螺（ほら）を吹き鳴らすように命じ、自分はその広間を出た。法螺の音が城内に鳴り響いている最中、信長は小姓七、八騎を従えて大手口を駆け抜けていた。大手口に控えていた百許りの人数が直ぐその後に従ったが、信長との間隔はみるみるうちに大きくなって行った。信長は途中で幾度も馬を輪乗して、後に続く士卒を待ち、部隊が追い付くと、又駈け出していた。

熱田に到着したのは辰（たつ）の刻、部隊はほぼ二百人程である。熱田神宮に戦捷（せんしょう）を祈っているうち、次第に士卒は集まり一千人程になった。

信長が鷲津、丸根方面にただならぬ煙の上がっているのを見たのは、熱田神宮を発して間もなくであった。彼がこれから赴こうとしていた二つの砦が落ちたことは明らかであった。

信長はそれに構わず強行軍を続け、山崎附近を通過する時、丸根砦の敗走兵の一人に会った。様子を聞くと、守将佐久間盛重は華々しく討死したということであった。

信長は一刻程佐久間盛重が自分より早く死んだと思った。

信長は数珠（じゅず）を取って肩にかけ、後続部隊の中央まで馬を戻らせ、

「今日、信長がお前らの生命を貰うぞ」

と呶鳴（どな）った。少し神がかった調子の、低くはあるが、聞く者の心に沁みる声であった。

信長は馬首を回（めぐ）らして、また先頭に立った。強行軍は一刻の休みもなしに続けられた。

途中から近くの砦々から馳せ参ずる武士たちが加わり、部隊は次第に隊列を長くした。

丹下を過ぎ、善照寺砦の東方で小休止し、兵員を点検すると三千許りであった。

今川義元が沓掛より大高に向かい、その途中の田楽狭間に駐屯したという報を得たのは、善照寺を発して一町も行かないうちであった。

信長は三千の兵のうち、三分の一をそこにとどめ、二千の部隊を率いて田楽狭間に向った。敵に気付かれぬように迂回して、丘陵の谷許りを縫って進軍した。

信長が、田楽狭間の北方三町許りの地点、太子ヶ根の山頂に登りついた頃は、天地は篠つく雨で暗くなっていた。時刻は正午である。

部隊は、雨に敲（たた）かれながら雨勢の衰えるを待った。信長は馬を木の繁みの中に入れていたが、具足から雨滴は滝のように滴（したた）り落ちた。

信長は突撃の命令を下す瞬間を待って、ひどく永く思われる時刻を過した。雨勢は一向

に衰えず、甲冑から落ちる雨滴と、木々の繁みを衝く雨脚が、信長の視野を全く閉ざしていた。

突然、信長の眼に父信秀の顔が閃くように映った。大たわけと言われていた幼い頃の自分を愛していた父の顔が眼に浮かんだ時、信長はぶるぶると身震いし、雨が幾らか衰えているのを確かめると、

「法螺を吹け」

と大声で呶鳴った。そして馬を繁みから駈け出させた。四辺の繁みという繁みから、何か力強い黒いものが、いっせいに跳び出して来る感じだった。

法螺は鳴り響いていた。信長は山の斜面を駈け降りていた。彼の前も背後も左右も、逞しい黒い流れのようなものがいっせいに駈け降りていた。平手政秀の顔が、山口左馬助の連れていた娘の顔が、山城入道の顔が、妻濃姫の顔が、すべてが一緒になって、いま彼が突込んで行こうとする眼下の谷には詰っているようであった。

幔幕は押し倒されていた。死体が散乱する中を信長は駈け抜け、駈け戻った。喚声と叫声と豪雨の音が入り混じって四辺を埋め、その中を駈け抜け、駈け抜け、無数の人間を左右に薙ぎ払いながら、信長の眼は義元を探していた。

勝敗は全然解らなかった。ただ混乱がある許りだった。馬が前脚を折った。信長は馬首に喰らいつき危く身を支えた。と、次の瞬間立ち上がった馬は宙に駈け上がるように後脚

で立った。その時信長は一本の長い武器が自分の前に突き出されたのを感じた。

夢中でそれを払った。槍は二つに折れて、穂先が左に飛んだ。その時、

「駿河殿討ち取った、毛利新介」

と言う声が聞えた。

「駿河殿討ち取った、毛利新介」

その声は絶叫に近かった。断末魔の悲鳴に似たその声は、繰返し繰返し聞こえていた。

その声が何を意味するものか、信長は咄嗟の間には理解することは出来なかったが、やがて、それが自分に取って何であるかを知ると、信長の体に、初めて一種言い知れぬ悲哀の感情が水のように漲り渡って来た。そしてそれはやがて、彼が二十七歳の生涯で曽て感じたことのなかった得体の知れぬ力強く充実したものに、徐々に変りつつあった。

四辺は依然として篠つく雨だった。

篝火

多田新蔵が捕まったのは大海という部落の北方の田圃の中であった。今日の戦場となった設楽原のまん中を突切っている道路は、このあたりから滝川に沿って北上しているが、新蔵は危険は承知の上で、この通路を堂々と血刀を提げて歩いていたのである。

新蔵はその時勿論一人だった。一人と言えば新蔵はまだ勝敗がいずれとも判らぬ午前十時頃から既に一人だった。この日の戦闘は暁方の五時に始まり、午後の三時に終わったのであるから、十時と言えば、合戦のまっ最中であるが、その頃から、新蔵はずっと一人であった。二十人程の部下は最初の突撃にいっぺんに失ってしまって、あとは一人で、合戦がはっきり敗北と決まるまで戦場を駈けずり廻っていたのである。

多田新蔵は捕まった時、裸に緋緞子の下帯をしただけの恰好であった。どういうものか、彼を取り囲んだ十数人の織田兵は彼を討ち取ろうとはせず、棒切れや石を投げ、彼の疲れるのを待ち、一番最後に筵（むしろ）を持って来て、それを押しかぶせて、捕虜にしてしまったのである。

多田新蔵の捕われの姿は、どう見ても余り恰好のいいものではなかった。六尺近いみごとな体は、到るところに瘤（こぶ）をつけたように筋肉が盛り上がっていたが、なんと言っても、赤い褌（ふんどし）一本の裸姿である。

両手は体ごと荒縄でぐるぐる巻きに縛られていたが、右手の第二関節から手首へかけてだけが自由にされていた。新蔵はその僅かに自由を許された手で、肩に担いだ抜身の太刀の柄を握っていた。要するに彼は赤褌一本の姿で、大きな抜身の刀を肩に担いで、引き立てられて行ったのである。

彼が連れられて行く原野の風はまだ生臭かった。到るところに討死した武田方の将士の死体が横たわっていて、そこに弱い夏の夕陽が斜に落ちていた。

べらぼうな話だ！　こんな合戦ってあるか！

新蔵は一日中彼の心を去来した思いを、いまも胸に抱いていた。敗戦の悲しみもなかったし、捕われの恥も恐怖もなかった。あるものは、奇妙な戦闘が行なわれ、奇妙な結果になり、みんな死んだ中に、自分一人が生き残っているという変梃（へんてこ）な感慨だけであった。

彼が歩いて行く原野に横たわっている武士たちの死体は、今まで彼が見て来たいかなるものとも違っていた。斬って斬って、斬りまくった果てに、力つきて斬死したといった納得の行く姿ではなかった。みんな不得要領のうちに、相果てたといった奇妙な死様をしていた。どれもこれも、みんな銃弾に射抜かれている。中には刀さえ抜いていない奴がある。死顔はみんな醜かった。

べらぼうな話だ！　こんな合戦ってあるか！

だから、多田新蔵は自分が奇妙な恰好で捕虜になっても、いっこうに気にかからなかった。恥ずかしくもなければ、怖くも口惜しくもなかった。

彼は不貞腐ったように、大きな体をずしんずしんと横柄に運んで行きながら、時々周囲を見廻して、

「水！」

と呶鳴った。

「贅沢を言やあがる！」

織田兵は取り合わなかった。

「捕虜のくせに神妙に歩け！」

「ばからしくて、神妙に歩けるか！」

新蔵は、時々、周囲の織田兵たちがぎょっとする程大きな声で笑った。無性に腹の底から込み上げて来る笑いだった。

「狂ったのか」

誰かが言うと、新蔵はその声の方へ顔を廻して、

「狂った？　ばか者めが！　ばからしくて狂えるか、一体、なんだ、この合戦は！」

新蔵は路上に横たわっている味方の武士たちの死体を踏み越えたり、それに躓いたりしながら歩いた。

併し、今日の合戦で、武田の騎馬隊を食い止め、そこに銃火を集中し、文字通り屍の山を築いた織田、徳川聯合軍の陣地の馬防柵の近くまで来ると、突然新蔵は大声を上げて喚くように泣き出した。彼の埃にまみれた顔を、涙が薄黒い滴となって幾条も流れ落ちた。死体は一歩一歩柵に近付くごとに多くなった。武田の武士許りだった。新蔵の胸に、合戦時に自分を幾度となく襲った無念だった思いが、火となって吹き上げて来た。

新蔵自身、幾度、この柵に迫ったことか！　馬を躍らせた。柵は高かった。馬から降りて柵を抜こうとした。新蔵許りでなく、武田の何千の将士が同じことをした。すると天地を轟かして銃火が、あたりに炸裂した。何回も何回も同じことを繰り返して、武田の騎馬隊は、その殆どが全くこの馬防柵のところで潰えたのである。

柵の前まで来た時、新蔵はついに動かなくなった。大地に屈み込んだ。裸の捕虜は、織田の武士たちに手取り足取り担がれて、三重に張り廻らされてある柵の設けられてある地帯を越えた。

いつか四辺には、織田か徳川か知らないが、兎に角敵の武士たちが充満していた。田圃

の一廓に腰を下ろしている一隊もあれば、これから新たに戦線にでも向かうように、隊伍を整えて移動している部隊もあった。川で裸になって体を洗っている者もあれば、酒樽を運んでいる武士たちもあった。

新蔵は空に顔を向けて担がれていながら、時々大勢の笑い声を耳にした。その笑いが自分に向けられていることを新蔵は知っていた。併し、それに対する何の心の反応もなかった。

新蔵は突然地面に抛り出された。彼の体は二、三回地面を転がって、松の根方で停まった。

「刀を寄越せ！」

新蔵は呶鳴った。抜身の刀は彼の転がっている傍へ投げられた。

先刻、ここに運ばれれる途中で耳にして来た笑いよりもっと烈しい笑いが新蔵を包んでいた。変な恰好をしているとか、情けない奴だとか、そんな罵言の礫が降っている。

「一体、なんのために、こんなけったいな奴を生け捕って来たんだ？」

「なんの意味もないさ。面白いからだ。今夜の祝い酒の肴にするんだ」

「それにしても、こいつ、なんのために素っ裸になったんだろうな」

「暑かったからだろう」

「いくら暑いからって、合戦の最中、裸になる奴はないな」

そんな会話が聞こえている。新蔵は俯伏せになっているので、喋っている奴の顔は見えない。が、がやがやと笑ったり喋ったりしている夥しい声から判断すると、少なくとも二、三十人の雑兵たちが自分を取り巻いていることだけは確かである。

そのうちに急に水が引くように、武士たちはどこかへ引き揚げて行った。最後に立ち去る武士が新蔵の足を縛して行った。新蔵は一人になった。縛られて転がされていることはいまいましかったが、さほど屈辱には思わなかった。

やがて新蔵は眠った。疲れていた。

どのくらい経ったろう。いきなり頭を蹴られて、新蔵は眼を覚ました。

「名を言え」

それと一緒に、燈火の光の箭が地面の一部を照らし出した。新蔵はすぐ眼の前に、小さい雑草と石ころと赤土を見た。

「名を言え」

「こんな姿勢で喋れるか。起せ！」

すると、新蔵の体は二、三人の手で邪慳に地面の上に起された。新蔵は長い間の同じ窮屈な姿勢から解放されてほっとした。彼は縛されたまま松の木に背を凭せかけられた。こんどは燈火の光がまっ直ぐに正面から顔に当てられた。

「名を名乗れ」

「多田新蔵だ。多田淡路守の伜、新蔵だ」

「多田淡路守だ⁉　なんだ、そいつは！　そんな奴は聞いたことがない」

「お前らに判って堪るか、美濃の多田淡路守と言えば知っている奴は知っている」

「美濃か、お前は」

「そうだ」

「美濃のくせに、武田に仕えたのか」

「仕えて悪いという理由はなかろう」

「こいつ！」

二つ三つ足蹴にされて、多田新蔵はまた一人にされた。

新蔵の周囲を埋めている闇は深かったが、原野のあちこちには篝火が焚かれていた。それがこの夜を異様なものに見せていた。何十という篝火だった。そしてその火の許では戦捷の酒宴が開かれているらしく、潮の渦の騒ぎのように、大勢の人間の叫声と喚声が、不思議なひそやかさで聞こえていた。傍へ近付けば、大変な騒がしさであろうが、遠くからでは、それは妙に哀れっぽい響を伴っていた。

今日は一体何が行なわれたというのだ！

昼間の戦場のいかなる場面を思い浮かべても、それは新蔵には実際にあったこととは思われなかった。あのようなことが行なわれていいものか。あのようにして、騎馬長槍をもって鳴る武田の全軍が潰え去っていいものか。併し、実際に武田勢は敗れ、武士たちの大部分は死んでしまったのだ。

大将も雑兵もなかった。強いも弱いもなかった。天地を轟かす銃火と一緒に、武田の武士たちは、いずれも馬上からもんどり打って転げ落ち、敵と一本の槍も合わせないで、あっけなく相果ててしまったのだ。あそこで行なわれたものは一体何なのだ？　あれは何であったか？

新蔵は誰の死も悲しまなかった。少しくらい悲しんでも追い付けるものではなかった。白昼夢の断片のように、昼間の修羅場（しゅらじょう）のその時々の情景は次々に彼の眼の前に、妙に青黒い色彩で現われては消えていた。

五人の武士がやって来た。

一人の武士の手に依って新蔵は足の縄を解かれた。

「歩け」

言われるままに新蔵は歩き出した。相変らず両の腕は体と一緒に縄でぐるぐる巻きにされ、一本の棒のようになっている。

夥しい篝火の焚かれている地帯のまん中を、新蔵は五人の武士たちに護られて引き立てられて行った。原野の何十という酒宴場では、武士たちが酔っ払って騒いでいた。折れた槍の柄が飛んで来たり、大きな酒盃が肩を掠めたりした。と言っても、それらは必ずしも新蔵をめがけて投げられたものではなかった。大殺戮の行なわれた日の夜の昂奮が、酒の酔いで煽り立てられ、彼等を狂人にしているのであった。

新蔵が小半刻歩かされて連れて行かれたのは、極楽寺山の麓の信長の本営であった。ここでも、あかあかと篝火は焚かれ、酒宴は開かれていた。

そこは寺の境内のようなところであった。丁度桟敷のように一段と高く造られた板敷の席には、何十人かの武将たちがずらりと居並んで、互いに酒盃を交わしていた。

新蔵は庭先に引き据えられた。一人の中年の武士が庭へ降りて来ると、篝火を新蔵の近くに移すように命じた。やがて新蔵の裸身は焔の光で赤く光った。顔も体も宛ら赤不動のように見えた。

こんどは別の一人の、身分のありそうな若い武士が降りて来た。

「多田淡路守の倅と言ったのは本当か」

「嘘を言って何んとする？」

「上様は御存じだぞ」

「上様とは誰だ」

「言葉を慎め」

槍の石突で背中をひとつ小突かれた。この時、新蔵は初めて自分が信長の面前に引き出されていることを知った。が、桟敷の上のどこに信長が居るか判らなかった。大勢の武将の居ることだけは判ったが、新蔵の居るところからでは、一人一人の顔を判別することはできなかった。

若い武士はいったん去って行ったが、また現われた。

「捕われの身になっても、いっこうに恥じることはないという有難い御諚だぞ」

それには構わず、

「早く斬れ！」

と、新蔵は叫んだ。

「斬られたいのか？」

「早く斬れ！　殺せ！」

「ばかな奴だな。恥じるには及ばぬと上様はおっしゃっておられる」

「斬れ！」

「恥じるには――」

武士が言いかけた時、初めて「恥」という言葉が、それの持つ正当な意味をもって、新蔵の耳にはいって来た。

「恥？」

「恥じるには及ばぬと言うのだ」

「恥じる？　誰が恥じるか！　ばか！」

新蔵は呶鳴った。実際に彼は自分が捕われたことを少しも恥じていなかった。恥じるようなまともな合戦ではなかった。

どこか一点正常でない狂ったところがあった。高坂昌澄も、内藤昌豊も、みんなあっけなく一瞬にして相果てたのだ。信ずべからざることが起ったのだ。土屋昌次も、原昌胤も死んだ。馬場信春も死んだ。その他大勢の優れた武将たちがみんな銃火の中に息を引き取ったのだ。主君勝頼でさえどうなったか判ったものではない。

新蔵はばからしいといった気持しか持っていなかった。死んだ者がみな滑稽に見えた。昼間、彼は馬防柵のところで号泣したが、味方一万五千の将士の死を悲しんだのではない。

それとは少し違っていた。柵を越えることのできなかった無念さが、ただ火のように胸を突き上げて来たのだ。柵さえ越えることができたら、恐らく武田勢は織田、徳川の聯合軍を馬蹄の下に踏みにじっていたことであろう。この合戦では討死しても恥でないと同様に、捕われようが、逃げようが、いっこうに恥ではないのだ。

「俺がなぜ裸になったか、貴様は知っているか」

新蔵は呶鳴った。逆に彼は若い武士に質問したのだ。

「そんなことを知るか」

「判らんだろう、お前には」

新蔵は大きな裸身を震わすようにして笑った。そして、ぷっつりと笑いをとめると、

「ばからしいのだ。こんな合戦は裸で沢山なのだ。裸で、赤褌一本で沢山なのだ」

実際に、鎧を着たり、馬に乗ったり、槍を持ったりしたことが、今思えば滑稽に思える。

裸でよかったのだ、裸で！

その時、ぷっつりと縄は切られた。新蔵はふいに体の自由を得て、前にのめった。

「生命は救けてやる。仕官しろ」

武士は言った。

「仕官⁉」

「上様の有難いお情けを終生忘れるな」

新蔵は地面に前のめりになったままの姿勢でいた。体を起さなかった。仕官を勧められようとは、全く思いも寄らなかったからである。

「返事をしろ。——異存はあるまいな」

また若い武士は言った。

新蔵は槍の柄が横から自分の胸に当たったのを感じた。それに支えられるようにして体を起した。

どうして生命を救けて、仕官を勧めるのであるか。信長が父多田淡路守を知っているためであるか。あるいは自分が赤褌一本の異様な姿でいるためか、それが勝利者の気紛れな

心を刺戟したのか。

新蔵がなおも返事をしないでいると、若い武士は、

「考えておけ。仕官すればよし、そうでなければ首を刎ねる。とくと考えておけ」

それから彼は、

「隅へ坐らせておけ」

と、他の者に命じた。すぐ暗くなっている樹蔭から、二、三人の武士が現われると、新蔵の両手を取った。

新蔵はそこから三間程離れた雑木の茂みの傍に移された。そこに移されると、急に蚊の群れが新蔵の裸身を襲って来た。これは堪らないと思った。

今の場合、新蔵には仕官の問題より蚊の襲撃の方が気にかかった。仕官の方はさして重要な問題ではなかった。仕官を断わって首を刎ねられても、それはもともと予定していたことである。捕まった時、すでにそうした運命が自分にやって来ることを覚悟していた。誰も彼もみんな相果てたのだから、自分一人が助かっても仕方のないことであった。

併し、仕官しろというのなら、仕官してもいいと思う。捕虜になったことに恥を感じなかったように、敵方へ仕えることも、今の場合、そこにたいした意味があろうとは思われない。こんどの合戦では、何か重大なものが一本抜けているのだ。今まで通用していたものが、全部通用しなくなっている感じである。

新蔵は腕をやたらに左右に振り廻していた。そして、首を刎ねられようと、仕官しようと、どちらでも構わないが、どちらかに早く決めて貰わなければならぬと思った。こうして蚊に攻め立てられていてはやり切れない。

ひどくばからしい合戦にふさわしく、その結末も新蔵にはばからしく、滑稽に思えた。新蔵は暗闇の中で、大きな眼を光らせた。先刻まで自分が坐っていた席に、おいぼれ武士が一人現われたかと思うと、何か二言三言言って、丁寧に頭を下げて立ち去って行ったからである。

すると、こんどは別の武士が現われ、同じように、篝火に半顔を照らされながらそこに坐り、また何か言って、桟敷の方に恭（うやうや）しく頭を下げて立ち去って行った。

それから次から次へと、武士たちは現われた。若い武士も居れば、年取った武士も居た。堂々たる武士も居れば、貧相な奴も居る。図体の大きいのも居れば、小さいのも居る。階級も雑多であった。中には手負うた武士も居た。

新蔵はやがて彼等が、今日の合戦で手柄を立てた武士たちであることを知った。彼等は所属している部隊からわざわざ此処に出向いて来て、何かひと言かふた言、ここにいる武将たちから労を犒（ねぎら）う言葉を貰い、それに感激して引き退がって行きつつあるのであった。

そうしているうちに、新蔵はおやと思った。

篝火の光の輪の中に、今までとは違って、いやにおどおどした一見して下級武士と見える五人の武士が現われたからである。こんどの場合だけ、桟敷から先刻新蔵を詰問した若い武士が降りて来た。

　五人の雑兵たちは、罪人のように、そこに一列に並んで坐った。百姓に武具を着けたような品のない連中だった。二人は若く、三人は中年だった。

「お前たちか、山県昌景（やまがたまさかげ）を狙撃したのは」

　若い武士は言った。その言葉ははっきりと新蔵の耳にはいって来た。

「は」

　五人の中では、一番ましに見えている二十二、三の若者が答えた。

「命令もないのに、なぜ狙撃した？」

「は」

　若者は顔を上げた。

「以後、気を付けます」

「気を付けますでは相すまぬ。全軍の統制を破って、みだりに発砲するとは何事だ。不届至極である」

　それから、

「お前が他の者に命じたのだな？」

「は」

「なぜ、みだりにそのようなことをした？」

「は」

若者はすっかり怯え上がって、口もろくにきけないらしく、長いこと口をもぐもぐさせていたが、

「ひ、暇だったのでございます」

「暇？」

「あの時、することがなかったのでございます。まことに申しわけございません」

若者は両手を大地についていたが、よほど怯えているらしく、体は大きく震えていた。

「本来ならきびしく罰するところだが、この度だけは見逃してやる」

若い武士は言った。

この時、新蔵は叱られている若者より、もっと大きく自分の体が震えて来るのを感じていた。殆ど自分で制御できない程、手も脚も胴体もがくがくと大きく震えて来た。

新蔵は戦線の左翼で、山県昌景が飛弾に殪(たお)れた時を見ていた。それは偶然彼の眼にはいった修羅場の一シーンであったが、山県昌景の死の意味は武田軍にとっては、限りなく大きいものであった。合戦の神と言われ、長く武田の至宝と言われた山県昌景の死は、急に武田軍の運命を暗く冷たいものにしたのである。新蔵はその時山県昌景さえ殪れてしまったのだからもうこの合戦は駄目だと思った。

併し、それにしても、山県昌景の死は、信じられぬ程あっけないものであった。彼は崩れ立った味方の軍勢に下知するために、馬上に大きく身を浮かせた。それはどこから見ていても、山県昌景以外の何人とも見えぬ堂々たる姿であった。

が、次の瞬間、彼はいきなり前屈みになったと思うと、たわいなく馬上から転がり落ちたのであった。信じられぬようなあっけない落馬の仕方であった。乱戦の最中だったので、この出来事は忽ちにして戦場の混乱の渦の中に巻き込まれ、跡形もなくなってしまったのである。

暇だったから狙撃したと言うのか。暇だったから！　新蔵は自分でも知らぬ間に立ち上がっていた。

新蔵は改めて、そこに居並んでいる五人の雑兵の姿を見詰めた。言うまでもなく今日の合戦で、織田方の鉄砲隊に属した武士たちであろうが、武士になってから、そう長い歳月を送っているものとは見えない。あるいは刀一つ使えないかも知れない。

この雑兵たちは、手持ち無沙汰を紛らわすために、彼等の眼にも目立って見えた一人の武田の武将に照準したのであろう。ばからしいことは百も承知していたが、そのばからしいことの限りが、この時、彼にこの日初めての忿怒（ふんぬ）を点火した。

新蔵は突然、大きい唸り声を上げると一緒に、彼等の方へ、篝火の光の輪の中へ身を躍らせた。突進した。若い武士はさっと身を背後に退いた。が、その時新蔵の手は、武士の持っている槍に伸びていた。

新蔵は槍を奪った次の瞬間、槍を抱え直すとみるや、いきなり、立ち上がりかけた若い一人の雑兵の脇腹を突き刺していた。そして突き刺したまま、二、三間走って行って、立木の根本に押し付けるようにして、相手の体から槍を抜いた。

新蔵は叫声と怒声が周囲に沸き起っているのを聞いていた。桟敷から何人かの武士たちが駈け降りた。篝火の光の中を、二、三人の武士たちが入り乱れて横切った。

まっ先に迫って来たのは、槍を奪われた若い武士だった。振りかぶった刀の半分が篝火の光の中で閃いたが、あとは闇の中に消えた。

新蔵は雑木の間をくぐって逃れた。気が付いた時、彼は竹藪に沿った道路を走っていた。何人かの跫音がすぐあとに迫っていた。

「来い！」

新蔵は立ち停まると、槍を小脇に抱えたまま、闇の底を窺うように、身を折りながら向きを変えた。

一人を突いた。太腿らしかった。

また一人を突き刺した。十分の手応えを感じている時、新蔵は裸の肩先を横から斬り下げられた。烈しい痛みが全身を走った。刀が欲しかった。槍を棄てて、刀が欲しかった。

新蔵は重傷を負いながらまた走った。が、何程も走らぬうちに、彼は再び立ち停まると、槍を杖にして立ち、恐らく自分にとって最後であるに違いない決闘の相手が迫って来るのを待った。

そこは坂の中途らしかった。はるか下の方で、幾つかの松明が動いている。叫声と喚声が、次第に高くなって聞こえて来る。

多田新蔵にとって、ひどくばかばかしい、殆ど信じられぬくらいの間の抜けた大会戦の一日は、いま終わろうとしていた。この日初めての、合戦場にある充実感がこの時新蔵の瀕死の五体を充たしていた。が、それも長くは続かなかった。多田新蔵は新しい決闘の相手が現われるのを待たないで、膝を折って、地面に倒れた。

平蜘蛛の釜

松永久秀がやがては自分が主家三好家に取って替わろうという野望をはっきりと意識して自分のものとしたのは、永禄三年二月、弾正少弼に任ぜられた時である。久秀は五十一歳であった。

この年彼が永年仕えて来た三好長慶は管領となったが、ここ十数年に亙る烈しい合戦の明け暮れは、まだ三十八歳になったばかりの新権力者から、すっかり健康というものを奪いとっていた。ために久秀は好むと好まないに拘らず三好長慶に替わって天下の諸政を執らなければならなかったが、その自己の立場を名実共に具わった揺がぬ確固たるものにする欲望が、ふいに久秀を捉えたのであった。時期はこの二、三年のうちに来るだろうと思われた。

久秀は自分が弾正に任ぜられた祝詞を述べにやって来た津田宗達を茶室に請じ入れた。久秀は茶を武野紹鷗に学び、唐名を霜台と号していた。茶室の床には作物茄子の茶入が四方盆に載せて飾られてあった。客は宗達一人である。手取釜を五徳に据え、台天目茶碗、手桶の水指、曲の水覆、五徳の蓋置、珠徳の茶杓、高中茶碗といった道具の取合せであった。

作物茄子の茶入は、久秀秘蔵の品で、めったに人の眼には触れさせない自慢の茶器である。これは初め茶祖と言われる珠光が見出し、彼が将軍家の茶の師範であったところから足利義政の手に渡り、その後幾度か所を変えて越前の朝倉太郎左衛門から同じ越前の府中の小袖屋という者の手に渡った。そして小袖屋が越前一揆の時難を避けるために京都の袋屋に預けて置いたものを、久秀が手に入れたのであった。

宗達は、天下の名品が乱世の中に失われも損われもせず久秀の手に収まり、落ち着くべきところへ落ち着いて、まことに祝着至極であるという意味のことを述べた。満更世辞ではなかった。

併し、宗達の言葉を耳にしながら、久秀はこの時少し別のことを考えていた。彼はこの品がいつまでも自分の手許に留まっていようとは考えていなかった。天下の名品と雖も、自分は離すべき時が来たら何の未練もなく離すだろう。

久秀が蒐めているものは、茶器だけではなかった。刀剣でも書画でも、筋の通ったものならどんなものであろうと八方手を尽して蒐めていた。そしてそれらの品を久秀は実際にそれらが持っている価値以上に使っていた。金子で、しかも出来得る限り廉く買い入れたものを、金子では購うことの出来ぬものに換えていた。久秀の茶器や、刀剣や、書画に対する考え方は、他の者の場合とは少し違っていた。久秀にとっては、それらは人間の心を不意に自分の方に近づけたり、自分の思い通りに動かしたりすることのできる摩訶不思議な力を持ったものであった。久秀が卑賤な境遇から出て今日の地位をかち得たのは、単に命を賭けて得た戦功のためばかりではなかった。茶器と刀剣と書画が、その昇進に一役も二役も買っていた。

久秀は世に名品と言われるものなら何でもやたらに欲しがった。併し、彼自身はそれらの品に対する執着はなかった。

宗達が帰ったあと、久秀は作物の茶入だけは自分で鄭重に箱の中に収めた。そしてそれを仕舞い終わるとあとの茶器を飯頭に仕舞わせた。久秀は色の黒い無表情な細面の顔の中で、それだけが冷酷に見える眼を、茶器が仕舞い終わるまで飯頭の手許に注いでいた。

久秀は茶室に一人になると、長い間全く同じ表情で坐っていた。三好長慶の長子で摂津の芥川城に拠っている十九歳の若い武将三好義長の精悍な面差しが、久秀の眼の前にちらついていた。長慶も、長慶の三人の弟たち、之康、冬康、長正も、謂うならば茶器や刀剣で動かせる駒であったが、義長だけは違っていた。

久秀は、義長はいつかそうすべき時が来たら、何らかの方法でこの世から抹殺してしまう以外仕方がないだろうと思った。そう心の中で決めた時、久秀は憑かれたものから覚めたように、冷え込んだ空気が動かないでいる茶室の内部から戸外へと眼を遣った。雑木の植込みからこぼれる二月の弱い昼の陽が、蹲（つくばい）の水を光らせていた。

松永久秀が阿波の三好家に仕官したのは、享禄二年十月である。阿波の日開谷の出身であるとも、京都の商家の出であるとも言われているが、たれにも確かなことは判らなかった。久秀自身が自分の出生について語ったことがなかったからである。彼は右筆（ゆうひつ）より上がって老臣となり、天文十九年長慶に従って戦乱の京都にはいった。そして今日まで三好家の主である管領細川氏や、将軍義輝を相手に四十代の十年間を全く干戈怱忙（かんかそうぼう）のうちに送り、遂に八年前の天文二十一年に細川家を滅し、将軍義輝を京都に入れて傀儡（かいらい）とし今日に到ったのである。この十年間長慶は主として摂津越水城にあって兵馬の権を握り、久秀は京都にあってその鎮撫を司って来たのであった。

久秀は弾正に任ぜられた永禄三年もこれまでと同じように忙しかった。幕府の政務を掌ると共に兵を出して周辺の勢力を倒さなければならなかった。阿波（あわ）、讃岐（さぬき）、淡路（あわじ）、摂津、京都は三好氏の勢力下にあって、三好氏の一門が領していたが、いったん主家三好氏と事を構えるとなると、それらはいずれも久秀の敵対勢力になった。僅かに自分の居る京都だけが久秀の地盤であった。しかも京都は無力な皇室と有名無実な幕府の所在の地というだけで、戦略上には頗る無価値な場所と言うほかなかった。久秀は将来のためには、どうしても自分の根拠地となる場所が欲しかった。

久秀が狙ったところは京都と隣接している大和、河内であった。河内は畠山の地盤であったが、いまはその勢力は微々たるものであり、大和は筒井氏代々の地盤であるが、当主筒井順慶も多年に亙る四周との勢力争いでいまは疲れていた。

久秀は長慶を動かして、長慶を河内に入らせ、自分は大和に入ることを策した。

七月、長慶は摂津を発して河内にはいり、畠山高政の兵を玉櫛に破り、進んで藤井寺に陣した。次いで、安見直政を大窪に破った。健康を害ねている若い新管領の進撃は凄まじかった。どこかに戦いに憑かれてでもいるような病的なところが感じられた。

長慶の河内入りと同時に、久秀は大和にはいり、井戸良弘を撃って、これを奔らせた。八月初め河内にある長慶は、安見直政を堀溝に破り、同月末には畠山の本拠高屋城を囲んだ。これに前後して、久秀の方は井上城を抜いた。

十月になると、長慶はついに畠山高政、安見直政等を和泉堺に奔らせ、飯盛、高尾両城を手中に収めた。大和の久秀は万歳城を攻めてこれを攻略し、次いで沢、檜牧城を陥した。

斯くして河内全部と大和北部の平定は四カ月足らずで成った。大和の久秀の進撃は、河内の長慶に較べるとはるかに劣ったが、併し、久秀はこの期間に彼にとっては頗る大きいと言わなければならぬ仕事をしていたのであった。地方の諸城砦の攻略は後廻しにして、将来の自分の根拠地として、地を信貴山に卜して城を造ろうとしていたのである。久秀は部下に築城を命じ、長慶が摂津に還ると共に、自分もまた京都に還った。

翌永禄四年になると、一月二月は久しぶりで平穏な日が続いた。この間久秀は度々大和を見廻り、信貴山築城の指図をした。久秀は新しい統治者として大和の領民に対しては苛酷な態度で臨んだ。築城の労役も、費用も、すべて領民に課した。久秀が大和にはいると沿道の民家はすべて家を閉ざして久秀を畏怖した。久秀はむしろ自分の前に現われる無人の聚落を次々に縫って馬を進めることが好きだった。そうした状況の中に於て初めて支えられる精神の何かがあった。

信貴山は、大和、河内の国境の地にある標高四百八十米の丘であった。その丘の上に吉川喜蔵という武士が築いた小砦があったが、そこに久秀は天守矢倉を持つ城を造った。それまでの城が天守矢倉を持たなかったので、そうしたものは城攻め、城取りに寧日なかった武士たちの眼にも頗る異様な、威圧的なものに見えた。

久秀にとって鬱陶しいことは、この年の正月摂津の芥川城に居た義長が義興と改名し、幕府の相伴衆に任ぜられたことである。父長慶も無類の合戦上手であったが、合戦の駆引では長慶も義興には一目を置いていた。それに加えて、義興はすでに将来の三好家を背負って立つ器量を具えており、若いにも拘らず三好家一門にも幕府にも人望があった。

久秀は主家の御曹子を鄭重に取り扱った。義興の方も久秀に対しては頗る謙譲であり、心から尊敬と好意を持っているように見えた。これに続いて三月に、長慶の弟三好義賢（之康改名）がまた相伴衆に加わった。義賢はたいした人物ではなかったが、この方は久秀に対して勿論露わに示さないが、明らかに敵対意識を持っていた。併し、久秀は全く意に介さず、彼に対しても鄭重であった。

この年の前半での大きい出来事は何と言っても、三月に長慶が京都の己が屋敷へ将軍義輝のお成りを乞うて、それが実現したことである。征夷大将軍の最初の管領邸への訪問であった。これは三好一門が将軍を思うように支配することを天下に披露する意味を持つものであった。併し、長慶が己が肉親の者を次々と幕府の相伴衆に送り込まなければならぬところに、長慶の苦しさがあった。いつか永年京都に居て地盤を固めた久秀の勢威は、漸（ようや）く主家の権勢を凌ぐものがあったのである。

この年の後半には先に長慶に追われた河内の畠山高政が近江の六角氏と呼応して蠢動、各地に小合戦があり、十月には六角軍が京都に侵入、ために久秀もまた出陣しなければならなかった。

この京都に於ける合戦は翌年まで続いた。久秀、長慶、義興は全兵力を挙げて京都に六角軍をむかえ撃った。一方畠山高政は長慶の弟の冬康の拠っている岸和田城を囲み、これを救援に赴いた義賢は流矢にあたって斃れた。久秀は義賢の討死の報に接した時、死んだらいいと思われる者は死なないで、死に栄えのしない者が死んだと、傍の者に語った。

三月の初め、六角氏は陣容を立て直して勢盛んとなり、ために久秀は京都を保つことが出来ず、長慶、義興等と共に将軍義輝を奉じて一時石清水八幡に退くの已むなきに到った。六角氏は京都にはいって清水坂に陣した。

久秀は義興の策を容れ、六角軍は避けて和泉にはいり、畠山高政を攻めて大いにこれを破り、岸和田城を落し、進んで河内高屋城を攻略して、高政を紀伊に奔らせた。このため京都に布陣していた六角軍は近江に引き揚げ、間もなく両軍の間には和議が成った。久秀は将軍義輝を奉じて六月二十二日戦火に荒れ果てた京都へはいった。

併し、平和は長く続かず、早くも八月には伊勢貞孝が京都に侵入、和泉岸和田城もまた畠山高政の攻めるところとなった。九月、久秀は伊勢貞孝を破って、これを誅したが、幕府は窮乏している民を救うため徳政を行なわなければならなかった。

この二年に亙る兵乱が一応鎮まった時、久秀が真先に考えたことは、義興の毒殺であった。久秀は義興と一緒に畠山や伊勢の軍勢と闘って、義興が自分の考えていたより遥かに俊敏な武人であり、作戦家であり、政治家であることを知った。二十歳を一つか二つ出たこの三好の小倅を、もうこれ以上生かして置くことはできないと久秀は思った。義賢は討死したが、義興の方はいかなる合戦に於ても簡単に討死するような人物には見えなかった。

明けて永禄六年、久秀は正月大和に赴き、多武峯僧都と闘ったが、それ以後京都を離れなかった。全国到るところで合戦は行なわれていたが、京都附近には珍しく平穏な日が春から夏へと続いた。

八月二十五日、三好義興は突如摂津芥川城にて頓死した。二十二歳であった。父長慶の悲歎はもとより、ひろく三好の陣営には深い憂色がたちこめた。一つの光の強い星が墜(お)ちた感じであった。

この義興の急逝の打撃で、長慶は以後鬱々として楽しまず、誰の眼にもそれと判るような肉体の衰えを見せた。このため政務は全く久秀の手に移り、軍令もまた久秀から出るようになった。

十一月四日、久秀は茶人の津田宗達、今井宗久、若狭屋宗可たちを客として朝茶の会を開いた。六畳座敷の台子に平蜘蛛(ひらぐも)の釜、餌ふごの水指、合子(ごうす)の水覆、筒の柄杓立(ひしゃくたて)などを飾り、床には円座茄子を四方盆に載せて置いてあった。席入りした一同の眼には、作物茄子の茶入と同様、天下の名品とうたわれ、めったに出したことのない平蜘蛛の釜が飾られてあることは、特別な意味をもって見えた。巷間で、久秀が毒を盛って義興を殺したという噂が専ら行なわれていたからである。

一日置いて六日には、昼会を開いて、津田宗及もその席に侍(はべ)った。四畳半の囲炉裏(いろり)に新釜を五徳に据え、天目茶碗で茶だけを振舞った。

この二回の茶会に、久秀は上機嫌であった。久秀は平生笑顔を見せるということはめったになかったが、二日とも顔を綻ばせ冗談口をたたいた。併し、その翌日にはまた、何時もの冷酷な眼を無表情な顔の中で光らせている気難しい老人に戻った。

暮に、長慶は自分の嗣子として弟長正の子義継を迎えることを発表した。久秀の意見を入れての処置であった。そして三好長逸、三好政康、岩成友通三人が義継の補佐役となることになった。

翌七年五月、久秀は京都から摂津の越水城に長慶を見舞った。長慶は空虚な眼をして、床の上に坐っていた。義興の死を悼む気持が、彼の病疾を重くし、一年経たないうちに彼の風貌は全く別人のそれに変わっていた。

「河内飯盛城の冬康殿、御謀叛のお噂がありますな」

久秀は長慶に囁いた。長正の子義継を嗣子にしたことについて冬康が心平らかならざるものを持つということは充分考えられることで、そうした見方をすれば、冬康が長慶に叛くということはあり得ることであった。久秀は、長慶の眼が窶れた顔の中で、合戦場裡にある時のように急に一瞬輝きを帯びるのを見た。

「何とする？」

「真実かどうか、確かめることが肝要かと存じます」

すると長慶は、血を欲する者の眼で、

「即刻使者を出して誅せ」

と言った。久秀は退出すると、直ちに京都へ戻って使者を河内に送った。九日、今や長慶にとってはただ一人の弟である冬康は飯盛城に於て誅せられた。

それから二ヵ月経たない七月四日に、長慶の病は革った。久秀が病床に駈けつけた時、幽鬼の如く痩せ細った長慶は、冬康を誅したことを口の中で繰り返し繰り返し悔いながら、幼児の如く頰に涙の伝わるに任せていた。天文十九年以来殆どを戦塵の中に明け暮れ、遂に京師に旗を立てた武将の変わり果てた姿であった。久秀が枕頭に侍ってから半刻も経たないで、長慶は息をひき取った。彼は死ぬまで、自分の子と弟が、久秀によって殺されたという世間の風評は夢にも知らなかった。享年四十二であった。

長慶の死後、久秀は三好三人衆と共に義継を輔けて政務を執ることになったが、天下の実権はいまや全く久秀一人の掌中にあった。併し、久秀はいかなる些事でも三好三人衆に謀って、彼等をないがしろにするようなことはなかった。相手が無力であるならば、相手を立てて置いて一向に差し支えないことだった。それに、久秀はまだ彼等に協力してやって貰わねばならぬことがあった。

長慶亡き今、事毎に久秀は将軍義輝と直接顔をつき合わせることになった。久秀は自分の力で一兵をも動かし得ない将軍に、これまで特別な関心は払っていなかった。邪魔な存在でない限り、いつまでもその席に坐っていて貰ってよかった。必要な礼節を尽すだけの気持は、久秀も充分に持っていた。曽て長慶が巨費を投じて自分の館へ将軍のお成りを乞うたように、久秀もまた義輝のお成りを乞う筈であった。

併し、相手が少しでも自分に害心を持っていることを感じ、何となく目障りな存在になった時は、問題は全く違って来た。眼の前にちらちらするものは除去しなければならなかった。

長慶の死後、長慶に替わって漸く専横の振舞の多くなった久秀を、将軍義輝は警戒し始めていた。それが久秀にはよく判った。

永禄八年五月の半ばに、久秀は三好長逸、三好政康、岩成友通等のいわゆる三好三人衆と重大なことを議した。将軍義輝がひそかに書を地方の武将たちに送り、久秀等を除こうと企てているという専らの風評が世間に行なわれ、それを捨て置くことができなくなったからである。真偽の程を確かめて、若しそれが真実なら、何らかの処置を講じなければならなかった。

多額の金をかけて二条第を修築してやっているのに、何ということだと、三人衆の一人が呟いた時、久秀ははっとしたように顔を上げると、

「普請はまだ全部出来上がって居らぬな」

と念を押した。義輝は修理半ばの新しい館に移っていた。門扉もまだ出来上がっていないということであった。この時久秀の心に、それまでは夢にも思っていなかった将軍を弑(しい)

しようとする気持が閃いた。久秀は暫くの間、今年で三十歳になったばかりの若い将軍の肥り肉の体軀と、そして小さい時から乱世の中を転々とし、その間に身につけたと思われる、多少異常とも言える大胆な言葉を思いがけない時に発する性向と、そうした時の額の冷たく見える顔を思い浮かべていた。

「二条第を襲わねばならぬ」

久秀は低く言った。異様な空気が一座の間を流れた。三人衆は久秀の口から出る次の言葉を待った。

「お首級を頂戴する」

久秀はこんどもまた低く、気難しい表情で言った。

久秀と三好三人衆がそれぞれ軍勢を率いて二条第を襲ったのは、五月十九日の夜であった。

久秀は二、三日前に京都から大和の信貴山城に移っていたが、その日そこから清水寺参籠と称して、武装した手勢を率いて京都に向かった。途中から三人衆の兵が次々に加わった。五月雨続きでぬかるんでいる平原の中の道を、部隊は京へ向かって歩み続け、その夜伏見、木幡、淀、鳥羽、竹田、美須、御牧あたりに転々と宿営し、夜半二条第を囲んだ。

義輝の最期はいかにも乱世の将軍らしく立派であった。将軍家重代の甲を着し、最期まで闘い、館に火がかかると辞世の句を認めてから切腹した。義輝の母公、北の方、女房たちもまた、義輝と時を同じくして自刃して相果てた。

五月から七月へかけて、久秀は将軍のなくなった京都に於て、混乱の収拾に当たった。久秀は義輝の側近は一人も生かして置かなかった。義輝自刃後間もなく、義輝の妾小侍従が発見されると、これを知恩院に斬った。そして義輝の側近尽くが誅せられて一人も残っていないということを確かめてから、七月五日に義輝の遺骸を等持院に葬った。

次いで七月七日には天主堂を壊し、宣教師を放逐した。久秀はえたいの知れぬ異国の布教者には我慢がならなかった。久秀の行動は、三好三人衆の誰の眼にも不気味に見えた。突然、狼が牙をむいて誰彼構わずかかって行くような感じだった。久秀は三人衆に対しても急に今までの態度を改めて、事毎に強圧的に出るようになった。

三好三人衆が己が身の危険を感じて、久秀に叛旗を翻したのは、義輝の歿後幾許（いくばく）も経ない十一月のことである。

久秀は時代が漸く騒然として来たのを感じて、多年の戦乱で荒廃している京都を棄てると、こうした時のために造築してあった大和の信貴山に移った。そしてそこで、三好三人衆が阿波から義輝の従弟義栄の東上を促してそれと合体し、河内高屋城を攻略、進んで久秀征討の軍を発したことを知った。

こうした三好党の動きに大和の筒井順慶が呼応する気配にあったので、久秀は時を移さず、信貴山を出て順慶の拠城筒井城を攻めて、順慶を布施に走らせた。

これを合図として、久秀と三好衆の軍勢は、大和、河内を舞台として、その到るところで激戦を繰り返すことになった。

翌永禄九年、久秀は全く合戦のために東奔西走して席の暖まる暇はなかった。両軍の戦線は乱れ、互いに勝敗があった。

久秀はこの間全く敵を討つことのみに専心した。領民は家を焼かれ、田畑を荒らされた上、戦場に酷使されたので、久秀を快く思う者は一人もなかった。五月に久秀が戦場を他国に移すと、大雨があった。連日に亙って雨乞いを祈禱した後の降雨であっただけに、これで作毛も上々、鬼も居なくなり領内も静かになった、これこそ神慮であると領民たちは喜び合った。

この大雨のあった五月に、久秀は多年敵対していた河内畠山高政と和泉堺に於て会し、高政を自分の陣営に引き入れることに成功した。

六月一日に、久秀、高政の聯合軍は、和泉堺に於て三好軍と闘った。この年一番大きい両軍主力の会戦であったが、久秀はこの闘いに破れ、潰滅寸前に和を求めた。併し、翌七月久秀は約を破棄して、大和を出て摂津へ兵を進めた。再び戦闘は各地で展開されるに到った。

年改まって戦乱の中に永禄十年を迎えたが、二月二十六日突如、今まで三好党の陣営にあって久秀とは度々干戈を交えていた管領の三好義継が、手勢を率いて大和にはいり、久秀の陣営に身を投じて来た。阿波から足利義栄が上洛して来てから、それまででさえ管領とは言え名ばかりで無力であった義継の立場は、頗る影薄いものになっていた。そんなことから義継は憤懣やるかたなく、久秀の幕営へ寝返りを打ったのであった。

久秀は、信貴山腹の寺の一室で、畠山高政と一緒に義継に会った。そもそも義継を長慶の嗣子に推して彼を管領職に置く立場に立たせたのは久秀自身であった。久秀としては、言うまでもなく自分の思うようになる傀儡としての推輓であったが、その後三好一門に担がれて、義継は久秀とは敵味方の間柄になるに至ったのであった。

義継も亦三好一門の多くの者がそうであるように合戦巧者であり、戦場に臨むと勇敢な武者であった。昨九年の一年間だけでも、久秀は大和、河内の各地に於て、義継に悩まされた経験を幾度となく持っていた。

久秀は自分の眼の前に坐っている、合戦だけの巧い余り目先が利くとも思えない若い管領の顔をじっと見守っていた。いま味方になったとしても、またいつ敵にならぬとも判らぬ人物であった。

丁度畠山高政も同じことを考えていたらしく、久秀に顔を近付けてそのことを囁いた。

すると久秀は、

「貴公も某もお互いに同じことではないか」

と言って、嗄れた声で笑った。一瞬畠山高政は顔色を変えたが、すぐ表情を戻し、久秀に合わせて苦い笑いを浮かべた。

曽て互いに討ち合ったことのある三人の武人たちは、その晩遅くまで酒盃をあげた。久秀はこの時五十八歳になって居り、皺が刻まれた皮膚には染みが目立ち始め、髪は殆どを白に染められてその銀髪が燈火に輝いていた。久秀の前に坐っている武将のうちの一人は、彼が上洛以来数えきれぬほど干戈を交え、徐々に衰運に導き、ついに己が陣営に引き入れた名門の成れの果てであり、もう一人はこれはまた彼が陰性な策謀を廻らせて一人一人を亡き者にして行った主家の生き残の一人であった。久秀は、

「三好と、畠山の旗を今年の夏までには京都に立てることになるだろう」

と、二人を立てて言った。併し、彼は三好の旗も畠山の旗も眼に浮かべているわけではなかった。その時久秀の眼には、三好三人衆の首級と筒井順慶の首級とが、京の磧に一列に並んでいるさまが描かれていた。その背後には鴨川の水が冷たく人家のなくなった京の町の中を、平原の中の川のように流れている。

「今夜はよく冷えるな」

久秀は言って新しい盃を干した。

四月十一日、久秀、義継の軍は信貴山城から、奈良の北郊多聞山へ陣を移した。十八日には三好三人衆一万余と筒井順慶の軍勢はこれを追って奈良近辺に進出して来て、二十四

日天満山、大乗寺山に陣を張った。以後昼夜の別なく連日、興福寺、東大寺を挟んで両軍の間に死闘が繰り返された。

五月、三好政康の部隊は多聞城に肉迫した。この時多聞山から出た火は、般若寺、文珠堂、観音院などを焼き払い、飛火は更に戒壇院の授戒堂、南北両門など多くを焼くに至った。更に久秀は敵の陣取りを恐れて、広い地域に亙って、寺院、民家を焼いた。七月二十三日には戒壇院、千手堂も兵火にかかって焼失、この僅かの間に奈良に於ける寺院塔頭の主なものは、悉くが猛火に包まれて灰燼に帰した。

十月十日に久秀は三好衆の陣取っている大仏殿の焼打ちを命じた。火は穀屋から法花堂へ廻り、更に廻廊へと次々に燃え拡がり、深夜丑の刻には大仏殿が火焰に包まれた。久秀は大仏殿を焼く火焰に全身を照らし出されながら、混乱に陥っている三好衆の追撃を指揮していた。火焰と、銃声と喊声のために、馬は幾度となく跳ね上がり、その度に久秀は馬上から振り落されそうになった。

久秀は敗走する三好の軍勢を追撃する手をゆるめなかった。翌日久秀が徹底的な勝利を収めて奈良へ引き揚げた時は、奈良は全く昨日までの面影を留めていなかった。焼け落ちた大仏殿からはまだ時々余燼が噴き上げており、郊外の民家も寺院も完全なものは一軒もなく、流民が、到るところに転がっている屍の間をさまよっていた。

久秀はその日軍用金の徴発を命じた。奈良の寺院からも民家からも、一文も出せる当はなかったが、久秀はそれを許さなかった。打ち続く合戦のために、三好衆を破りはしたが、久秀の軍費もまた頗る不如意であった。

東大寺大仏殿の焼打ちに依って、三好勢は堺に敗走、再び頽勢を挽回することは難しいまでに打ちのめされた。

久秀はこの合戦を境として、摂津、河内、大和を完全に自己の勢力下に置くことになった。その後も勿論三好勢は各地で蠢動したが、久秀の気にかかるような動きではなかった。久秀に残された仕事は、軍を休め、兵力を蓄えて再び京都にはいることであった。

永禄十年の暮から、久秀は多聞山城の大々的な修築に取りかかった。そのため大和、河内の領民から労力と資材を徴発し、寺院には強制的に修築費を割り当てた。城はいわゆる多聞櫓を持った書院造り、庭も京都から庭師を招んで造園させ、すべてに亙って贅を尽くした華麗なものであった。荒廃した奈良の北郊にいち早く造築されたものは、久秀の居城であって、これを見る人の眼にはこの城が全く合戦という昨日までの血腥いものとは無縁なものに見えた。久秀は領民に対しては苛斂誅求を極めたが、己が居城のためには千金を投じて惜しまなかった。久秀はひどく贅沢なものが好きになっていた。

こうしている時、久秀にとって容易ならぬ事態が廻って来た。東方に於て急激に強大になりつつあった信長が、いまにも京都をめざして攻め込んで来るという噂があった。久秀がこの噂を初めて耳にしたのは、永禄十一年五月にはいって間もなくの頃である。久秀は岐阜方面へ何人かの間諜を放ってあったが、いずれも帰国して報ずることは、信長の勢威が日増しに四隣を圧し、その軍勢は一兵に到るまでよく訓練された強大なもので、麾下の各部隊はいずれも西上の準備をしているということだった。

久秀は、津田城に拠っている三好義継と議して、信長の上洛が実現した場合を慮って、信長に一応款を通じておくことにした。久秀はすぐ使者を信長の許に送った。

春から夏へかけて、三好衆が京都へはいったり、大和へはいったりしたが、久秀はそれに対しては何らの行動にも出なかった。いまや三好衆が何事を仕出かそうとも思われなかった。

信長が九月七日居城岐阜を発したという報せは、信長が進発してから数日の後に久秀の耳にはいった。信長の動静は次々に久秀の許に報ぜられて来た。信長が近江愛知川に陣して浅井長政の軍と共に六角氏の観音寺、箕作両城を攻略したということ、更に進んで琵琶湖を渡り、三井寺に陣したということ、前将軍の弟である足利義昭を奉じて京都にはいり、東福寺に陣したということ、次いで山城の勝竜寺を陥れ、摂津にはいり、芥川、越水両城を降したということ、そうしたことが刻々と久秀の耳に伝えられて来た。更にそれを追いかけて池田城をも攻略したことが報ぜられて来た。

この信長の破竹の進撃のために、六角義賢や、池田勝政は相次いで降り、三好三人衆は義栄を奉じて阿波へ逃れなければならなかった。

十月二日に久秀は帰順の使者を摂津池田城にある信長の許に送り、それから信長の許可を得るや直ちに長子久通を遣わして年来の宿敵筒井順慶を筒井城に攻めた。順慶は窪城に奔って信長に降った。

畿内を平定した信長と、彼の奉ずる足利義昭は相次いで京都にはいり、義昭は本圀寺に、信長は清水寺に本陣を構えた。久秀は久しぶりで曽て自分が主権者として過ごしたことのある京都の地を踏んだ。そして久秀は直ちに清水寺に赴いて信長に謁した。信長の上洛は二度目であったが、久秀が信長に会うのは初めてであった。久秀はこの時二つの土産を持って行った。一つは筒井順慶を討って降伏せしめたことであり、もう一つは作物の茶入であった。

信長は、この久秀の二つの引出物に何の反応も示さなかった。無感動に久秀の話を聞き、無感動に久秀のさし出した天下無双の茶入に眼を注いだ。二十年近くを久秀の手許にあった作物茄子は黒褐色に柿色の斑をまじえ、茄子としては特異な形を紫の袱紗の上に坐らせていた。

久秀は、自分が自刃させた前将軍義輝の弟の義昭を奉じての入洛である以上、信長から将軍弑逆について当然の沙汰があるものと覚悟していた。信長の前へ出ると、久秀は自分の持参した二つの手土産はひどく小さなものに思えた。

併し、信長は久秀の過去の所行については一言も言わなかった。まるで忘れてでもいるようにその問題に触れようとはしなかった。

久秀にとっては、信長のような人間は全く初めて接する型の武人であった。今までいかなる権力者に対しても圧迫を感じたことがなかった久秀も、この信長の前に出た時だけは妙に相手の若い武将の眼を見ることが出来なかった。久秀をも射すくめるような一種異様な冷たい眼光を、信長は持っていた。どんな残忍なことをも仕出かしかねない眼であった。

「大和一国は切取りに任せる」

信長はただそれだけ言って、あとは殆ど言葉らしい言葉はかけず、久秀を自分の前から退出させた。久秀は五十九歳の生涯で、これほど後味の悪い厭な思いを経験したことはなかった。この後味の悪さは、彼が信貴山城に帰り、いつか自分は信長をこの地上から抹殺する時を持つだろうと自分自身の心に言いきかせるまで続いた。久秀は曽て自分が主家三好や将軍足利義輝を屠(ほふ)ったように、信長をも屠ることが出来るだろうと思った。それまでの何年か、その機会を待ってじっと辛抱強くして居なければならぬ。

永禄十一年から十二年にかけて、久秀は大和に雌伏していた。信長を中心として時代は動いていた。信長は但馬(たじま)を征伐し、伊勢を統一し、更に四隣の強豪の征服に寧日がなかった。

久秀は信長に徐々に近づいて行った。永禄十二年、元亀元年と続けて岐阜城の新年の賀(が)

筵（えん）に顔を出した。会う度に信長は久秀とは茶に関する話しかしなかった。信長は初めて久秀から茶入を献上され、時を同じくして今井宗久が名物松島の茶壺と紹鷗茄子を進上して以来、茶器の名物の蒐集に余念がなかった。信長に謁する機会がある時は、いつも抜かりなく茶器を持参した。併し、久秀には茶の話以外したことのない信長が、果して自分にどのような感情を持っているものか見当がつかなかった。久秀の進呈する茶の道具は次第に数を増して行った。相手から求められるわけではなかったが、そうしなければいられない自分に、久秀はあとになっていつも腹をたてた。

信長と浅井、朝倉とが衝突したのは元亀元年のことである。この合戦に初めて信長は久秀に従軍を命じた。この合戦は信長にとっては苦しい闘いであった。信長が浅井、朝倉の両軍に挟撃されようとして、逸早く金ヶ崎から退陣する時、信長を嚮導（きょうどう）して九死に一生を得さしめたのは久秀であった。

この金ヶ崎退陣の直後、久秀は信長に従って岐阜城にはいった。その時たまたま見舞に来た家康と同席に侍ることになった。その席には、信長、家康、久秀の三人が居るだけであった。久秀は家康とは初対面であったが、信長はどういうものか久秀を家康に引き合わせず、

「御存じあるまいがこの仁は」

と、いきなり家康に向かって言った。一度久秀の方にちらっと眼を光らせ、続けて、

「世上の人の為し難いことを三つもしている珍しき仁である。一つは主家三好に逆意を抱き三好が家を亡ぼし、二つ将軍を弑し、三つ南都の大仏を焼いている」

久秀ははっとした。金ヶ崎の功績など一顧だにしない残酷な紹介のし方であった。併し、久秀は家康に一礼しただけでその顔色を少しも変えなかった。久秀の顔は大和信貴山城にある時も、信長の前にある時も少しも変わらなかった。意識して表情を変えないでいるのではなく、いつか六十歳を越える頃から久秀の身に着いたものになっていた。そうした態度は彼に接する誰をも一様に不気味に思わせた。

久秀は若い時から色好みであったが、年齢と共にそれは著しくなっていた。己が館に居る時は数人の侍女たちと同じ床上で狎戯（こうぎ）し、用があると人を呼んで、その床の上から指図した。そうした場合の顔もまた、信長の前に居る時とたいして違いはなかった。

元亀二年、春から夏にかけて久秀は筒井順慶と辰市東山に闘った。大和は信長に依って久秀が領することを許されていたが、もともと筒井代々の領地であって、順慶は自分の故地を奪還しようとしたのであった。信長は浅井、朝倉、武田、本願寺と四方に敵を受け、自分の方のことに忙殺され、大和、河内まで手を伸ばせなかったので、謂（い）わばどさくさ紛れの領土の取合いだった。併し、何といっても順慶の行動は信長への叛逆と見做（みな）すべきものであった。

この合戦に於ては、互いに勝敗あったが、十一月順慶は再び信長に降った。

これと同じようなことを、翌三年にはこんどは久秀が起した。たまたま河内の畠山氏の内紛が起り、久秀は曽て自分の勢力範囲であった河内の内乱を手を拱(こまね)いて見てはいられなかった。三月に久秀は若江城の義継と議して、畠山氏の高屋城を囲んだ。併し、これを知った信長が畠山救援の兵を出すに到って、久秀は軍を還して信貴山に蟄居(ちっきょ)した。久秀は部下を岐阜に派して事情を釈明させたが、信長の許すところとならなかった。

その年の暮、久秀は嫡子久通が拠っていた奈良の多聞城を信長に献ずることを申し出て、漸くにして信長の怒りを解くことができた。

翌天正元年の正月、久秀は久通と共に人質とすべき二人の子を連れて岐阜に赴き信長に謁した。この時も、信長は直接には久秀の行動は咎(とが)めず、いつもと同じように茶の話をし、

「翁の持っている平蜘蛛の釜を一度拝見したいものだな」

と言った。多聞城という豪華な献上物をもってしても、信長はまだ満足していないように見えた。久秀はいずれ機を見て平蜘蛛の釜をお目にかけましょうと、曖昧な返事をした。そして平蜘蛛の釜は、いずれ信長の前へ差し出す時が来るであろうが、その機会には平蜘蛛の釜と交換に信長からはその首級を貰わなければならぬと思った。既に作物の茶入も多聞城も信長の手に渡ってしまい、あとに残っている信長の執着物と言えば平蜘蛛の釜だけであった。今まで信長に多くの茶器を献じて来た久秀であったが、彼はこの平蜘蛛の釜だ

けはただでは渡したくなかった。これだけはそうそう簡単には渡せない気持があった。

平蜘蛛の釜の話は、その後も幾度か信長の口から出た。その度に久秀はその場をいい加減にごま化して、その替りの物を持参した。斯くして名物の鐘の絵を初めとして、刀剣、脇差に到る名品は久秀の手から次々に信長の手へと渡った。

久秀はもう一つ信長に渡したものがあった。それは義継の首級であった。久秀はこの青年武将を信長が嫌っていることを知って、ついに内紛を起させ、義継をして信長に叛旗を翻させたのであった。義継はこの年の暮に信長の討伐軍に攻められて自刃した。

この義継の自刃した天正元年には信長の最も大きい競争相手であった武田信玄が歿し、将軍義昭もこの年信長と争ってその地位から追われた。二年には伊勢長島の合戦、三年には長篠の合戦と時代を揺り動かす大きい事件が相次いで起っていた。四年二月には信長は新築の安土城に移った。

そして天正五年を迎えると、信長はいよいよ年来頑強に敵対行動をとり続けている本願寺光佐(こうさ)の征伐に取りかかった。四月に信長は上洛して、まず本願寺の石山城を攻略し、続いて大坂にはいって光佐の軍と対陣した。勝敗は容易に決せず合戦は持久戦にはいった。

この合戦に久秀はその子久通と共に従軍したが、八月には定番として天王寺の附城にはいっていた。

そしてこの時突如として久秀は己が軍を纏めると、大坂の戦線から離れ、大和の信貴山城へ帰った。八月十七日のことである。この行動は誰からも理解されなかった。信長からの特別の命令でもあって軍を退くかのように見えた。そして久秀が信貴山に拠ってから初めて世人は彼の謀叛のことを知ったのであった。

信長は北国へ出兵中であったが、彼もまた久秀謀叛のことは信じられなかったらしく、再度にわたって信貴山城へ久秀の真意を確かめる使者を寄越した。

久秀はその度に同じことを返事した。――いまは織田どのとは敵味方の間柄となった。お互いに潔く一戦を交えるばかりである。

信長の討伐軍が信貴山へ詰めかけて来たのは十月の初めで、それまでに五十日近い日があった。この間久秀にとっては生涯で一番苦しい日々であった。久秀は大坂に於て本願寺光佐の軍と対陣中、上杉謙信の出馬の報に接し、しかも本願寺を赴援するために押し寄せた毛利の水軍の威力を眼のあたりに見たりして、織田の勢力が必ずしも安定したものでないことを知り、不意に信長に叛旗を翻す気持になったのであった。信長に叛く時は今だという気がした。自分の謀叛に依って、続々と信長に叛する者も出るであろうし、謙信の西上に依って時代は大きく動くものと考えた。一度叛意が閃くと、久秀はそれを押えることはできなかった。

併し、久秀が信貴山に拠っても何事も起らなかった。謙信の西上は呼び声ばかりでいつ実現しようとも見えなかった。僅かに久秀に応じたのは大和の小さい属城の一つに過ぎなかった。

久秀が自分の行動を顧みて、それが全く常軌を逸したものであることに気付くまで何日も要さなかった。その最初の反省は、早くも兵を纏めて大坂から大和へ向かう途中に於てやって来ていた。そして、その自分の取った行動の誤算は信貴山城にはいってから一日一日はっきりしたものになり、それに対する悔いは日増しに深いものになって行った。

信忠を大将とする久秀討伐軍は九月二十七日に岐阜を発し、途中安土に寄り、安土を発したのは十月一日であるが、その報に接した時から久秀は自分の気持に落着きを取り戻した。いまや自分のとった突発的な行動の意味もはっきりしていた。それは彼が心の底から信長を憎んでいたという一事に尽きていた。その憎悪の念は絶えずここ何年か出口を求めて心の中でくすぶっていたが、遂に、ほんの僅かな刺戟で爆発してしまったのであった。

自分はたれをも憎まなかったと思った。三好長慶をも、義興をも、そして足利義輝をも、勿論義継をも憎んではいなかった。彼等を取り除いたのは、自分にとって邪魔な存在であったか、あるいはそうすることが必要であったからに過ぎない。

併し、信長の場合は違っていた。はっきりと自分が信長を憎んでいることを知っていた。若し相手が信長でなかったら、自分は平蜘蛛の釜を使う時が来るまで、じっと待つことができたであろう。信長の場合、ただそれができなかっただけのことである。

十月三日から、久秀と信忠の率いる攻撃軍の間には死闘が開始された。そして久秀に応じた片岡城には、細川藤孝、明智光秀、筒井順慶等が詰めかけた。

城は十日に落ちた。落城した直接の原因は久秀が援兵を乞うために本願寺および雑賀に送った使者が誤って佐久間信盛の陣へはいり、このため敵方に謀られるところとなり、敵の一部を雑賀の使者と間違えて城に引き入れてしまったためであった。

城の落ちる前日、佐久間信盛から使者が久秀のところへやって来て、信長公常々御所望の平蜘蛛の釜をお渡しいただきたい、天下の名器をむざむざと滅することは松永殿として も本意ではあるまい、と認めた書面を差し出した。久秀はこれに対して、平蜘蛛の釜と久秀の白髪頭は微塵に打ち砕いて信長公にはお目にかけまいと答えた。

落城の当日、久秀は矢倉下の広間で灸をすえた。久秀は何年か前に灸が長命のためにいいと聞いて、それ以後時々灸をすえていたが、この日も近侍の者に命じて自分の躰の何箇所かに灸をすえさせた。久秀は六十八歳になっていた。白髪と黒い斑点のために顔は一層汚く、気難しくなっていた。銃声と喚声が絶えずもろ肌脱ぎになっている久秀のところへ聞こえていた。城内に進入して来た織田勢が、刻々にその数を増しているのが判った。

それから幾許もなくして久秀はその言葉通り、落城の時爆薬で自分の頭を割った。平蜘蛛の釜はどうなったか、ついに城の焼跡からも出て来なかった。城と共に討死した者の数は百五十、他の落城の場合に較べるとひどく少なかった。

嫡子久通はいったん城を逃れ出たが捕えられて斬られ、また先年人質として岐阜へ差し出して置いた二人の子供は、その後京都に預けられてあったが、数日後六条磧で斬られた。

信貴山が落城して、久秀の死んだ日、大和の領民たちはみの笠を売って、酒を買い、久秀の死を祝った。そうした城下の騒ぎが起ったのは城を焼いた余燼のまだおさまらない刻であった。

久秀の死んだ日の十月十日は丁度彼が十年前の永禄十年に南都の大仏を焼いた日と月とを同じくしていた。そうしたことから、人々は久秀の最期を仏罰に依るものとして噂した。

信康自刃

信長の女(むすめ)徳姫が、家康の嫡子竹千代に嫁ぐために、清洲の城を出て、岡崎へ向ったのは永禄十年五月二十七日の朝であった。

長い婚礼の行列が城下を抜けるには小半刻を要した。揃いの十徳を着て白い布の帯をしめた輿舁(こしかき)の人夫がかつぐ輿は四十梃を越え、この長い輿の行列が漸(ようや)くにして尽きると、随従の騎馬武者何十騎かが一団となって置かれていた。この騎馬武者の集団の終りに、今日の婚儀の賀使として岡崎に使する佐久間右衛門尉信盛の乗る輿が一梃だけ配されてあった。そしてその輿から少し間隔を置いて、中持、厨子棚、担当櫃(びつ)、長櫃、屏風箱等が、それぞれ人夫たちに担がれ、行装美々しい長い行列の最後に、そこだけが急にひっそりした表情を持って続いていた。砂埃は絶えずこの後尾を襲っていた。

先頭から三番目の輿だけが、その両側を、常にその輿から一定の間隔を保つように騎乗している二人の武士に付き添われていた。武士は徳姫の付人として選ばれた生駒八右衛門と中島与五郎の両人であった。

梅雨が明けて本格的な夏になっていた。清洲から岡崎まで、照りつけたらその道中は大変だと思われたが、幸いに曇天で、陽の光は射さず、併し、風は全く死んで蒸し暑かった。

この日、信長は己が女の婚礼の行列を本丸の櫓(やぐら)の一つから見送った。朝に夕に武装した隊列の行進だけを見ている信長の眼にはこの行列は初め少し異様に見えたが、それが彼の視野の中で次第に小さくなって行き一本の鎖としか見えなくなって来ると、彼の眼はいつも出動する部隊を見送る時のそれと全く変らなくなっていた。そして小さい眼をきらりと光らせると、やがて、ついとそれに背を向けた。

多少の不安が信長の心に尾を引いていた。併し、それは今日に限ったことではなかった。部隊を送り出す時、いつも例外なくこの不安は付きまとった。ただその不安は旬日を経ずして戦線からの報告で解消するものであったが、今日岡崎へ送り出した異形の小部隊からの報告は、遠い将来でなければ彼のもとにもたらされて来ないものであった。それだけの差違があった。

徳姫は九歳であり、徳姫を迎える竹千代も同年の九歳であった。婚礼と言っても、徳姫の身柄が清洲から岡崎へ移されるだけの話であった。織田、徳川両家の婚姻とは言え、自分の女(むすめ)を相手方へ手離す信長にしてみたら、どう考えてもこれは分の悪い取引きであった。九歳の少女の嫁入りは、実質的には人質となんら変るところはなかったのである。その分の悪さを自分の眼から匿すような気持で、信長は、自分の女の輿の前後を四十梃の輿で取り巻かせたのである。格式張ることの嫌いな信長が、彼の生涯で妙にぎすぎすした形式張ったことをしたのはこれが最初のことであった。

桶狭間に今川義元を屠ってから数年しか経っていず、その勢威は日々強大になり畿内平定の一歩手前まで来ていたが、周囲を見廻せばみな敵であった。東国や中国、九州は別にして、極く近い手の届く周辺を見渡しただけでも、到るところ気の許せぬ相手だった。武田、浅井、朝倉、三好は虎視眈々として信長打倒の機を覗っていたし、大坂、長島の門徒、あるいは比叡山延暦寺、いずれも信長に隙があれば事を構えようとしていた。

僅かに会盟の誼を通じているのは隣人家康だけであった。家康は今川氏に代って参河を根拠地として東海に勢力を張り出したとは言えまだ海のものとも山のものとも判っていない。併し、甲斐の武田信玄の鋭鋒に直接接触しないためにも、関東の北条に対する備えのためにも、家康との同盟を更に強化しておくことはこの際必要であった。信長は凡そ自分に属する総てのものを、たとえ毛髪の一本でも無為に遊ばせておくような安閑たる立場にはなかった。

竹千代と徳姫との婚約を取り交したのは四年前の永禄六年で、家康との間に同盟の結ばれた翌年である。初めて家康が百余騎を率いて清洲に乗り込んで来て、提携を申し込み、信長に違背ないことを誓った時、信長は家康に、長光の太刀と吉光の脇差を贈ったが、その時彼は少し贈り足りない気がした。その気持が、翌年の春、当時まだ五歳だった竹千代と徳姫の婚約となって現われたのである。

この婚約は、あくまで約束として、その期間はいつまでも延長できるわけだったし、二人の年齢を考えれば寧ろそうするのが当然であったが、信長はこの春から家康との間の口約束を、早急に具体的に現わしたい衝動を感じていた。婚約を取り交した四年前とは、信長の威勢は同日には語れなかったが、それと同じだけ内包する危険も亦大きくなっていた。家康が信長を必要とする度合も高まっていたが、信長が家康を必要とする度合も高まっていた。ただ信長の方が自分の賭けているものが大きいだけに、どこまで行っても、この賭事では信長の方が負目であった。竹千代と徳姫の婚姻について先に口を切ったのは信長の方であった。もう太刀の二、三本では贈り栄えがしなかった。この少し分の悪い取引きは、多少の危険に眼をつむれば、分が悪いということで、当然それだけの効果はある筈であった。

多少の危険というのは、相手の竹千代が、信長が桶狭間で屠った今川氏の血を受け継いでいるという一事であった。家康は今川氏に人質となっている時に、義元の仲介で、義元の養女である築山殿を室としたが、その間に生れたのが竹千代である。その竹千代のところへ自分の女を送ることは考えようによれば無謀であった。

信長が今川一族を撃ったことについて、家康がどう考えているか、信長には摑めなかった。家康は今川氏のもとで、幼少時代を送って成人している。併し、その間の待遇がよかろう筈はなく、家康は辛酸の幼少時代を送っている筈であった。家康が今川一門に対して、恩義を感じているか、その反対に恨みを持っているかは、ちょっと外部からは想像できなかった。

家康の心中に若し、桶狭間のことで、信長を快しとしないものがあるならば、こんどの竹千代と徳姫の婚姻は、信長にとって勿論暴挙に等しかった。が、考え方によれば、反対にそれはまた家康の恨みを解消する役目をしないものでもなかった。単に両家の盟約を強固にするという以外に、この九歳の男女の婚姻はこれだけの意味を持っていた。

徳姫の一行が岡崎城へ到着したのはその日の六ツ半で、夏の夕明りが漸く一瞬一瞬暗さを増して来る時刻であった。門火が焚かれてある城の一の門をくぐったところで輿は降ろされた。桝形に入ると、城壁に沿って等間隔に並んだ十幾つかの篝火が、火の粉を重たく地面に落していた。

徳姫は侍女に手を執られるようにして輿から出ると、篝火の光の中にその全身を浮び上らせた。白小袖に、同じ袿を着、胸には護符を下げていた。背丈は高く、地面にすっくりと立った容子は到底九歳の年齢には見えなかった。

「姫さま、どうぞ」

清洲からの付添いの侍女が言った時、徳姫は両側に頭を下げて居並んでいる出迎えの者に無造作な一瞥（いちべつ）をくれると、渡櫓をちょっと見上げるようにしながら、口の中で何か私語した。侍女は徳姫の言うことを聞き取るために、顔を近付けて行った。

「小さいお城！」

　徳姫はまた私語した。こんどはその言葉はあるうそ寒さを伴って侍女の耳に入った。

　桝形で輿渡しの儀が取り行なわれると、徳姫は二の門をくぐって城内に引き入れられた。到るところに燎火（にわび）が焚かれ辺りは昼のように明るかった。

　天守へはいると、いつか徳姫の傍からは付添いの侍女の姿は消え、婚礼の侍女房らしい老女がそれに代っていた。連れて行かれた広間には、正面に家康および室築山殿が並び、一段下って右手上座に竹千代、それから下に流れて重臣老臣たちが居並んでいた。

　徳姫は竹千代に向い合う席に坐らせられ、佐久間信盛および随従の武士の重だったものが、その下手に坐った。

　盃事は直ぐ取り行なわれた。九歳の竹千代は両肘を大きく張るようにして盃を受け、三度それを口に運んだ。蒼白んだ顔の中で、口をきっと一文字に結び、澄んだ眼で徳姫の方を見た。病弱で癇の強いのが周囲の者をてこずらせて来はしたが、どこかに気の弱い優しさのある少年であった。この夜の竹千代は、興奮が彼を凜々（りり）しく見せていた。父の家康には全然似ていず、容貌は母の築山殿のものを受け継いでいた。竹千代は、自分の妻として清洲からはるばる送られて来た徳姫が、十分美しいことに何となく満足であった。

徳姫は身動きしないで坐っていた。ここに居並ぶ誰よりも自分の父の方が権勢家であることを徳姫は知っていた。その優越感が徳姫の顔を美しくし、その皮膚の色を冷たく光らせていた。遠くから見ると、一座の誰の眼にも、徳姫は花嫁衣裳を纏った人形にしか見えなかった。その人形が盃を両手に捧げ持ったことが、人々には、操り人形の仕種のようにどことなく虚しく見えた。

家康は今夜この城に送り届けられて来た信長からの厄介な預りものの、こまっしゃくれた仕種を、間近からじろじろ眺めていた。眉のあたりは信長に生き写しであり、猜疑心の強いこと、気性のきびしいことが、俯向いている細面の神経質な頰の線によく現われていた。ただ信長の女とは思えないほど器量がよく、それは兄の信忠の貴族的な面輪と似通っていた。

やがて佐久間信盛が進み出て家康に祝賀の言葉を述べたが、家康も対等の礼儀を以て、清洲の代表者に祝辞を返した。言葉も態度も慇懃を極めていたが、家康にとってこの婚姻はさほど有難いものではなかった。九歳の花嫁は、家康にとっては押し付けられた一本の匕首にほかならなかった。

この婚姻に依って、織田家との紐帯が強固になることは言うまでもなかったが、それ以上に、将来面倒な事件の起る種が蒔かれた感じであった。家康は信長を触らぬに限る人物だと見ていた。併し、いま一本の匕首が預けられた。匕首はそれで相手を傷つけることもできたが、またいつそれが自分を傷つけないとも保証できなかった。

家康は室築山殿の方へ視線を投げた。それでなくてさえ表情というものを全く現わさない築山殿の顔は、今夜は厚く化粧しているので、何を考えているか全く判断できなかった。彼女は徳姫の方に静かに顔を向け続けていた。弘治三年正月、今川義元の取計いで婚礼してから十年になるが、家康はこの十年間に、名家関口氏から出たこの女性の性格を摑み取っていなかった。いつも無表情で、凡そ感情というものを面に出すことはなかった。家康は、おっとり構えている築山殿の、彼女を取り巻いている静けさが、妙にこの時気になった。


広間で酒宴が始まると、徳姫はそこを退って本丸の館へ連れて行かれた。そして今日から寝起きする部屋へはいると間もなく、築山殿からの迎えがあった。長い廊下を隔てて、向い合っている棟に新しい徳姫の母の部屋があった。

その部屋の入口まで三人の侍女に導かれ、そこから徳姫は一人で築山殿の部屋へはいって行った。先刻見た広間の服装のままで、築山殿は一人坐っていた。徳姫はその前に坐ると黙って丁寧に頭を下げた。

「美しいこと」それが徳姫の聞いた最初の言葉であった。徳姫はにこりともしないで、面を上げて豊満な色白の築山殿の顔を初めて仔細に見た。

近く進むように言われると、徳姫は臆せず言われるままに進んだ。もっと近くと言われ

ると、更に進んだ。築山殿は人に愛されるという教育を受けたことのない少女の顔を暫(しばら)く見守っていたが、

「今日からは、私が姫様の母です。立ってごらんなさい」

と言った。徳姫はまた命じられるままに立ち上がった。小袖の肩から背へかけて、体はじっとりと汗で濡れていた。

「まあ、驚く程お背が高い。竹千代殿よりお高いかも知れぬ」

築山殿はそう言いながら、徳姫の傍へ二、三歩近寄ると、いきなりその肩に手をかけた。突如、肉をつねり上げる烈しい痛みが徳姫の右の肩先を走った。あっと言ったまま、身を捻りながら、徳姫は痛みに吊り上げられるように爪先を立てていった。

「声を立てては不可(いけ)ませぬ」

徳姫は夢うつつで築山殿の声を聞いた。そのうちに徳姫の右の脚が自然に畳から上った。そうせずにはいられなかった。ううっ、ううっと、悶絶しそうな低い声を口から出しながら、徳姫は、左の爪先で体を支え、右脚を宙でひらひらと動かした。折れた枝でも動いているような妙な揺れ方だった。

肩から築山殿の手が離れた時、徳姫は眼に涙を溜めたまま、自分がひと言も声を立てなかったことを思った。そして声を立てなかったということでなぜかほっとした。こうした折檻を受けるために、自分は輿に乗ってやって来たのに違いなかったと思った。徳姫はな

ぜ声を立てなかったか、そのことは自分でも確とは判らなかった。物心がついてから他人から痛みを与えられたこともなかったし、従って痛みに耐えるということも知らなかった。自分がいかなる苦痛にも耐え忍ぶ力を持っているということを、徳姫は九歳の婚礼の晩初めて知ったのである。

元亀元年正月、遠州の引馬城の普請が出来上がると、名を浜松と改めて、そこへ家康は引き移った。そして岡崎城を竹千代に護らせた。竹千代は十二歳であった。平岩七之助、石川重次、鳥居忠吉等が補佐役となり、松平茂右衛門、江戸右衛門七、大岡弥七郎等が町奉行となった。

浜松城に引き移る時、家康は、築山殿を連れて行かなかった。信長の思惑を考えての家康一流の要心深い処置であることは誰にも想像できた。築山殿は今まで居た本丸の居館から東曲輪の一角に移された。

徳姫は岡崎へ来てから足掛け四年の歳月を送り、三度目の正月を迎えていた。徳姫は婚礼の夜の残忍な折檻を、燎火や小袖や本丸の広間の盃事と同様に、夢の中の出来事のような気がして、どうしても現実の事として考えることはできなかった。

築山殿の理解に苦しむような仕打ちは後にも先にもその時一回だけで、それ以後の築山殿の徳姫に対する態度には別に変ったところはなかった。勿論親切でもなかったが、かと言って憎悪の籠められたものでもなかった。常にある距離を置いて冷やかに見守っているような、そんな態度を築山殿は持ち続けていた。言葉使いは鄭重で、いかなる場合でも姫様と様づけで呼んだ。

徳姫はこの二年半の間に、築山殿と口をきいたことは数えるほどしかなかった。何か事がない限り、奥に一人引き籠っている肥り肉（ふとじし）の、高慢さを無表情で匿している女性と顔を合わせることはなかった。

徳姫は母としての築山殿にかしずく気持もなかったし、その必要もなかった。信長の女（むすめ）としての意識は、好むと好まないに拘らず、常に徳姫につきまとっていた。何事につけ家康は鄭重に彼女を遇していたし、家臣の者たちも、寧ろ竹千代に対する以上の鄭重さで彼女を取り扱った。

築山殿が東曲輪へ移って暫くしてから、徳姫は母の新しい住居を見るために出向いた。贅沢な邸宅であった。玄関、書院、客座敷、居間、奥の間、それに猿楽を行なう舞台まで設けられてあった。徳姫の通された部屋の床には山水の軸が掛けられ、床の横の棚の上の香炉には香が焚かれてあった。

徳姫が公家（くげ）の館に似たその造りや調度を見廻し、その美しさを口にすると、

「わたしも竹千代も駿府の屋形様御在世の頃には、こうした育て方をされて来ました」

そう築山殿は言った。抑揚のない口調に毒だけが盛られてあった。駿府の屋形様と言う

のは今川義元のことである。義元が公家の風俗をまねて、奢侈に耽った噂は徳姫も小さい時から聞かされていた。

徳姫は築山殿の顔を見守っていた。今川義元の名は少なくとも自分の前では誰も口にしない、謂わばこの城中の禁句であった。それを口にすることは、はっきりと自分に不倶戴天の敵意を抱いていることの表明に他ならないと思った。

徳姫は築山殿の虫も殺さぬ静かな顔を見ていた。築山殿はこのような顔をしたまま自分の肩をあのようにむごくつねり上げたのであろうか。婚礼の晩声を立てなかったことに較べれば、徳姫にとって、今は亡びた駿河の名門の誇りを喪うまいとしている一人の女人の不気味な面に視線を当て続けることは、さほど難しいことではなかった。

この年八月二十八日、竹千代は元服し、信長の名と父家康の名から一字ずつ取って、岡崎三郎信康と改名した。竹千代元服の祝賀の能が浜松城内にあって、参河遠江の武士たちも陪観を許された。岡崎の城下は三日三晩この祝いのために沸き返った。

浜松から岡崎に、三郎信康となった竹千代が帰った時、岡崎城内でも祝賀の宴が開かれたが、築山殿は姿を見せなかった。信長の名の一字を取った信康という名前が、築山殿には気に入らないのだと噂された。

その頃、築山殿は東曲輪の館からめったに外へ出ることはなくなっていた。世人は築山殿の館を御花園と呼び、御花園をめぐる風評は侍女の口からいろいろと徳姫の耳にもはいっていた。家康が岡崎城へ来ても築山殿の館を訪ねることはないということ、それから嘘か真箇（まこと）か、築山殿は唐人の医者減敬と言うものを近付け、その行跡には相当眼に余るものがあるということ、その他武田の浪人者が出入りしたとか、しないとか、いろいろな取沙汰が行なわれていた。

　御花園という呼称は、誰の耳にも、ある華やぎと暗さを併せ持った伏魔殿的なものとして聞えた。

　信康の少年から青年への移行期は、家康が全力を挙げて、南下して来る甲斐（かい）の武田軍と雌雄を決しようとして、参遠駿三国の諸城砦を取ったり取られたりして合戦に明け暮れた時代である。

　信康の初陣は天正元年三月、十五歳の時であった。家康の命に依って松平次郎右衛門が岡崎城に赴いて、信康に甲冑（かっちゅう）を着せた。背丈は高く、四肢はすくすくと育って十五歳には見えなかった。幼少の頃ひと眼で癇症と見えた病的な眉の鋭さは、そのままいまは彼の面貌を精悍に見せ、武人の子にしてはおとなしすぎると思われた性格は、将来の名将を約束する鷹揚たるものに変っていた。

　信康は、その日、兵を率いて武田方の足助（あすけ）城を攻撃、殆ど戦わずしてこれを略し、武将鈴木重直に守られて、自らは兵を率いて直ちに武節城に迫った。ここでもまた敵兵は城を棄てて奔った。

この前年の三方ヶ原の合戦で、家康は武田軍に大敗を喫し、それ以来兵に休養を与えて陣形を立て直そうとしている時だったので、信康の初陣の成功は徳川軍には限りなく明るいものをもたらした。家康が信康の初陣を、三方ヶ原の敗戦の直後に選んだことは、全軍の士気を鼓舞することを覘ったものだったが、それは予期以上の効果を収めた。

これ以後、信康は岡崎城の守将として、多忙な戦争生活にはいって行った。後見役の老将たちが舌を捲くほど少年武将は戦争巧者であった。天正三年、十七歳の時信康は長篠合戦に出陣したが、この頃から漸く、信康の名は四隣に響くようになった。

長篠戦で一敗地に塗れた武田勝頼は、早くも同年六月には遠州に兵を出して再び二俣城を攻めたが、信康は家康と共に出陣して諏訪原の城を攻略、続いて小山城を攻めた。この戦で、勝頼は二万余騎を率いて大井川の岸に布陣した。家康は敵の大部隊と闘う不利を知って、兵を引くことにした。その後退に当って、信康は家康を先に退かせ、自分はその後に従うことを主張した。

合戦に於て退却は進撃よりも難しいとされていた。家康は十七歳の信康を信用していなかった。

「倅のくせに出過ぎたことを言うな、さっさと退け」

と言った。併し、信康は承知せず、家康を退かせて、そのあとから、しずかに軍をまとめて帰った。その退却振りは水際立って鮮かだった。ために勝頼も川を越えることはできず、川を越えて追撃しようとした一部隊も空しく引き返した。

この合戦の直後、家康は武田軍の捕虜の口から、勝頼が、今度参河には信康という小冠者の洒落者が出て来て、指揮進退の鋭さは、成長ののちが思いやられると語ったということを聞いた。この話を聞いた時、家康はまさしく小冠者の分際で驚くべき合戦巧者のわが子に対して、ふと正体のはっきりとは判らぬ不安なものを感じた。亡びを予感させるような鋭さを確かに信康は身に着けていた。

翌天正四年、夏頃から参遠の地には盆踊りが流行し、各地で老若男女が踊り狂った。信康はこの踏舞を好んで、岡崎の城下でも町民に踊ることを奨励した。そのため岡崎の城下には各地から踏舞の男女が集まり、太鼓の音が毎夜のように城内まで聞えた。

徳姫は信康がこうしたものを好む気持が判らなかった。徳姫は初産の床で、盆踊りの騒擾と間延びのした太鼓の音を遠くに聞いていた。

「なぜ盆踊りなど奨励されます？　武士たちも大勢踊りの群れにはいっていると聞いています」

ある時、徳姫は難ずる口調で信康に訊いた。

「今川が滅亡した前年、駿府の城下ではやはりこのように盆踊りは流行したそうだ。母上から聞いた」

そう信康は答えた。

「なぜ、そんな不吉なことをおっしゃるんです？」

「今川は亡んでも、信康は亡びない。亡びて堪るか」

信康は大きく笑ったが、徳姫は夫の笑いの中にふと自分に対する敵意のようなものが籠められてあるのを感じた。徳姫は、盆踊りは信康が好きなのではなく、あるいは築山殿が好きなのではないかと思った。徳姫は、家康の室とは名ばかりの、不遇な築山殿を慰めるために、信康は盆踊りのさんざめきを城中にまで響かせているのかも知れなかった。それはそれでいいとしても、信康の今川は亡んでも信康は亡びないという、陰にこもった嫌味な言葉の調子は、いつまでも徳姫の心に残った。

精悍な若い武将に、漸く妻としての愛情を抱き始めようとしている徳姫は、この時信康と自分との間に、どうしても埋めることの出来ない冷たい間隙が宿命として置かれてあるのを感じた。徳姫は憎悪というものを築山殿に教えられ、孤独というものを、信康に依って知らされたのであった。

やはり同じこの年、家康はもう一度、別のことで信康にある不安なものを感じたことがあった。それは、家康が岡崎城に出向いた時のことである。家康が本丸の館で信康と向い合って話をしている時、家康はふと誰かが部屋の障子を敲いているのに気付いた。稚い敲き方であった。

「誰か？」

家康が訊くと、信康は黙って次の間に立って行き、三歳許りの子供を抱いて来て、

「私の弟、於義丸でございます」

と言った。信康は二年前、浜松城内に居たお万の方が城を出て、その後間もなく男子を産んだという話をきき、その子を引き取って他処で養育し、それをこの席に連れて来て父の家康に引き合せたのであった。家康は苦笑して、その子供を膝の上に乗せると、その子供の顔を見ながら、

「よい生れ付きだな」

とひと言言った。すると、

「仰せの通りよいお生れ付きでございます。成人の上は、私のよい力になりましょう」

そう信康は言った。家康は初めて対面したわが子に、来国光（らい）の脇差を与えたが、この時も家康は、勝頼が評したという〝小冠者の洒落者〟という言葉を思い出した。年少のくせに、何事も見抜いて、取りなして行く小憎らしい計らいに、この前とは少し違った不安を感じた。わが子ながら将来が恐ろしいと思った。

翌天正五年勝頼は二万の軍を率いて横須賀に入った。信康は家康と協力してこれを撃退した。再び十月に、勝頼は遠州に来攻したが、信康は岡崎を出て浜松城を護った。

翌六年の八月には小山城を攻め、九月には来攻する勝頼を迎えて見付に陣した。信康の

日々は漸く軍旅の倉皇さの中に埋もれて行った。

　家康は信康に亡びの予感のような不気味なものを感じたが、当の信康はそうしたものを父の家康以上に自分自身で感じていた。信康はそうした思いが何に根差して起って来るか、理解できなかったが、この不吉な思いは、かなり執拗に度々信康を襲った。

　信康は時々孤独な気持に陥った。そんな時、信康は自分が父家康とも全く違った地盤の上に立っているという気持を払拭(ふっしょく)することはできなかった。子まで儲けた徳姫に対しても、全く同じであった。岡崎城主として、将来の家康の後継者として、自分の名が次第に高くなるにつれ、信康は全く正体の判らぬ不安な気持に襲われた。それは言うまでもなく、自分の体に母築山殿を通じて信長に屠られた今川氏の血が流れているという意識から来るものであった。

　今や岳父信長の地位は確固としたものになっていた。武田を長篠に破り、浅井、朝倉を倒し、続々と反抗する諸勢力を降して、信長の天下の号令者としての地位は全く確立したと言ってよかった。その信長に当然恨みを懐くべき今川一門の血が、自分の体には流れている！　これはどうすることもできない歴とした事実であった。

　信康は、信長からも徳姫からも、そうした眼で見られているという気持を除くことはできなかった。二人の自分を見る眼は違うと思った。そうした眼を信康はまた父の家康にも感じることがあった。自分が見詰められているのでなく、自分の血が見詰められている気持だった。

信康も、また自分で自分の血を見詰めることがあった。自分が長ずれば長ずる程、戦功を樹てれば樹てる程、亡びへと近付いて行きかねない暗い宿命を持った血であった。

そんな時信康は兇暴な気持になった。何かひどく残忍な行為でもしなければ居ても立っても居られなかった。実際に信康は、憑かれたようにそうした行為に身を任すことがあった。自分でも押えることのできない身内から突き上げて来るような衝動であった。

信康は踏舞の流行した頃、それを見物に城下に出たことがあったが、その時粗服を纏っている踊子と、踊り方の悪い者を列から引き出すと、それを打擲した。そんな時の信康は全く日頃の信康とは別人の感があった。顔面を蒼白にして額からは汗を吹き出していた。

また鷹狩へ出て、不猟で帰る途中、一人の出家に会ったことがある。猟場で出家に出会うと獲物がないといわれていることを思い出すと、信康はその出家を捉え、その首へ縄をかけると、そのまま馬を走らせた。

徳姫は信康のこうした彼女には病的としか思われぬ性癖を知っていて、小侍従という侍女の口を通して諫めさせたことがあった。その席には徳姫もいた。

「城下では、殿様の御短慮について兎角の噂をしているということでございます」

徳姫の見識と冷たさを、そのまま受け継いでいる若い侍女は、顔を上げて、正面から信康の眼を見て言った。

信康は、いきなり小侍従の髪を摑んで、その場に捻じ伏せると、脇差を抜いて、それを切った。そして小侍従の細い腕を、徐々に力を加えながら捻じ上げていった。それを瞬きもしないで徳姫は見守っていた。築山殿の折檻の痛さが、そっくりそのままの形で、徳姫の身内を走っていた。

信康の眼と徳姫の眼がぶつかった。殆どそれと同時だった。ことりという骨の砕ける小さい音が、静かな部屋の空気の中に響いた。小侍従は気を喪い、徳姫は部屋から出て行った。

こうした場合、いつも発作が過ぎると、信康は烈しい脱落感が自分を占領するのを感じた。そして限りなく遠くで干戈(かんか)の響が聞えた。合戦だけが信康を呼んだ。

天正七年、信康も徳姫も二十一歳であった。徳姫が清洲から輿で送られてから十二年の歳月が流れていた。徳姫はこの年の春に二人目の女子を産んだ。産褥(さんじょく)を離れた日、築山殿が祝いに来た。徳姫は正月の祝賀の時以来築山殿には会っていなかった。

「また女子をお産みとは、よくよくのこと！」

城内の桜が満開の時で、築山殿は障子を開け放した部屋に坐って、庭の桜の方に眼をやったまま、例に依って何を考えているか判らぬ静かな表情で言った。家康でも一歩も二歩も置いている徳姫を城内で怖れないのは築山殿だけであった。

徳姫は、この女性に答える必要はないと思った。すると築山殿は、

「男が生れてこそ、家のためにも国のためにもなるというもの！　今川の血を絶やすおつもりか」

それだけ言うと、その時だけ冷たい眼で徳姫を見、またその顔を戸外に向けた。

坐っているのが苦しそうな程張った築山殿の両股の肉を見ながら、徳姫はこの時、築山殿に曽（かつ）てない烈しい怒りを感じた。男子を分娩しない引け目のあるところへ、今川の血という不遜な言葉を投げつけられたことが、ぶるぶると徳姫の体を震わせた。築山殿に対する憤りというより、信康に対する怒りでもあった。築山殿は口に出して言ったが、信康は口に出さないだけであろうと思った。築山殿がちらっと自分の顔へ当てた眼は、信康が小侍従の腕を折った時の、あの眼と寸分違っていなかった。小侍従の事件を引合いに出すまでもなく、それは信康が何かの折自分に示す眼でもあった。

「お引き取り戴きましょう」

徳姫は、築山殿に言うと、いつか小侍従の事件の時もそうであったように、母を置いて、自分から座を立った。

その晩、徳姫は御花園の館に築山殿を訪ねることを思い立った。出産の祝いに対する返礼であったが、いつもと違うことは公式の訪問の形を執ったことであった。本丸から東曲

輪へかけて、燎火が焚かれた。昼のように明るい城内を歩くことは、徳姫には婚礼の夜以来であった。それに十数人の女房がつき従っていることも、老女が先に立って自分を導いて行くことも、十二年前の夜と全く同じだった。ただ異なっているのは、夏と春の季節の違いだけであった。爛漫と咲き盛った桜が、造花のような固さで、女房たちの一行の頭の上に覆いかぶさっていた。風はなかった。

築山殿の館に近付くと、出迎えのために二、三人の侍女と門の前に立っている築山殿の姿が見えた。

「お肥立ちの大切なところを、お越し戴いて有難う」

と、築山殿は、昼のことは忘れているとしか思えぬけろりとした表情で儀礼的に挨拶を述べた。

「どうぞ、おはいり下さい」

「ここで結構です」

徳姫は言うと、

「生れた子供が男児でなくて残念に思います。この上も、わたくしには男児は産めないかも知れません。なぜか、そのような気がいたします。でも、これはこれで是非ないことでございましょう」

徳姫は言った。皮肉に言ったつもりだった。すると、それを聞いていた築山殿は、少し顔を仰向けるようにして、声を出して笑った。

「そんなこと御案じなさるには及ばぬこと。お城のお後継ぎは、信康様も考えていることがおありでしょう」

「と申しますのは」

瞬間怖ろしい予感を感じながら徳姫は言った。声が少し震えていた。それには答えないで、築山殿は侍女を招んで、小声で何か私語いた。やがて、二十歳程の若い女房が一人引き出されて来た。色白の美貌な女性であったが、徳姫には品がなく見えた。女は怯えきった表情で、徳姫の前へ出ると、腰を折って、地面に片手をついた。

徳姫は血の気を失った顔で女を見詰めていたが、いま自分の前に女が引き出されたことが、築山殿に依って何を意味されているかを知ると、

「お下り」

と、きつく女に言った。そんな徳姫にはいっこう構わず、

「ここへお越しの途中の桜が見頃で美しいことでしたでしょう」

築山殿が言うと、

「お暇いたします」

と、徳姫は怒りに震えながら答えた。信康が側室を持っているということは、侍女の口から聞いたことがあったが、その女性が築山殿に匿まわれているということを知ったこと

は、徳姫にとっては、大きい屈辱であった。

徳姫は少しも取り乱すことなく、帰りも、往きと同じように、燎火の間を縫って、夜空を仰ぎながらゆっくりと歩いた。そして徳姫は本丸の居室へ入ると、何人かの侍女を次々に招び、築山殿と信康の所行について知っていることを尽く喋らせた。そしてそれがすむと信長の命で彼女に付き添って来ている加納弥八郎という武士を招んだ。加納弥八郎が伺候するまでの時間、徳姫は眼をつむって部屋の中央に坐っていた。

一つ、築山殿、唐人減敬を近付けて不行跡あること。一つ、信康武田の家人日向守昌行の妾腹の子を妾となし、妾に溺れて遊宴をこととすること。一つ、築山殿減敬を通じて、武田勝頼と通ずる疑いのあること。一つ、信康鷹野に出て、通行の出家に残虐の行為あること。一つ、信康徳姫付きの女房の腕を折ること。

徳姫は箇条を数え上げると十二あることを知った。再び数え直してみた。やはり十二あった。

四月二十三日に、勝頼の大軍が駿州江尻に来攻したとの注進で、家康は参河の諸将に浜松に参陣するように沙汰して、自ら本隊を率いて出動、二十四日夜には馬伏塚の線に出た。参河の諸部隊は続々参集して来たが、信康は家康が布陣した翌日、早くも同じ馬伏塚へ軍を進めた。その神速な出陣ぶりは、家康および諸将士を驚歎させた。

併し、勝頼の軍が大井川を渉って退却し出したので、両軍は干戈を交えるに到らず、二十九日折から降り出した雨の中を家康と信康は浜松へ軍を返した。これが岡崎三郎信康の最後の出陣であった。

信康は一ヵ月余浜松に滞在していたが、この頃から何となく築山殿および信康の身辺には危険な空気が漂い出したのである。二人の行動を警戒せよという指令や、二人の素行を調べて報告せよという命令が、次々に信長から家康のもとへ送られて来た。

家康は事情のただならぬことを知って、六月四日、岡崎へ帰る信康に同行し、岡崎に行くと、城内で、宿臣老臣たちを集めて善後策を協議した。家康は七日浜松へ帰った。忽ちにして参河一帯を落ち着かぬ不安な空気が占め、巷間に種々の取沙汰が行なわれた。

家康は七月十六日、酒井忠次、奥平信昌の二人を安土に御馬進上の使者に立てた。二人は安土に到着すると、直ぐ信長から信康と築山殿の二人の十二の罪状について、一つ一つその実否を質（ただ）された。

この時信長は、参河の二人の重臣の答弁をさして重視していなかった。既に腹は決まっていた。いかなる答弁がなされようと、三郎信康はこの機会に葬り去られねばならなかった。徳姫からの訴えがない以前から、信長は俊敏鷹のような若い岡崎城主が気懸りだった。世にあるよりも亡いことを望む人物だった。併し、徳姫との間に二人の子までなしているので、信長もこれだけはどうすることも出来なかった。十二年前に清洲の城から徳姫を送り出したことを、信長は当時とは全く違った気持で後悔していた。

ところが、こんどの事件の発端は意外にも徳姫からの訴えであった。徳姫の訴えて来た十二の罪状の真偽などは、信長にとってはどうでもいいことであった。さして徳姫に異存がない限り、この事件の処置というものは考慮の余地のないものであった。今川の血は絶やすべきであった。家康の子であろうとなかろうと、将来の禍根は若い芽のうちにつまねばならなかった。

信長は、信康と築山殿の生害を、酒井、奥平の二人を通じて家康に命じた。家康が信長の処置をどうとるか、多少そこに問題はあったが、信長は今やいかなる命令をも家康に下すだけの実力を持っていた。一方家康は信長の裁断がいかなるものか、命令を受けぬ前から知っていた。十二年前の厄介な預り物の匕首で、ついに自分の身を傷つけなければならぬ時が来たのである。

家康は特に信康のために陳謝してやる方法を講じなかった。それが無駄であることは判っていたし、それにまたこんどの事件がかりに収まっても、信康と築山殿のある限り、徳川家の内蔵する爆薬は、将来いつ更にその災禍を大きくして爆発するかも判らなかった。家康は、信康も築山殿も不憫（ふびん）だと思った。併し、将来の禍根はやはりこの際家のために断たなければならなかった。家康は自分の傷口から血の吹き出るままにしておいた。家康にとっては苦しい時期であった。

信康は安土に使した酒井忠次と奥平信昌の二人が、安土からの帰路、岡崎へ立ち寄らず、浜松へ直行したことを知って、事の重大さを感じた。是非に及ばぬと思った。信康は父家康の命のあるまで人に会わず蟄居（ちっきょ）した。築山殿にも会わず、勿論徳姫にも会わなかった。長いこと持っていた亡びの予感が、ついに現実となって現われて来た気持だった。

八月三日、家康は岡崎城へ来ると、信康に、

「大浜へ行くか」

と言った。信康は家康の言に従い、素直に自ら大浜へ移った。

翌日の四日は朝から激しい豪雨であった。信康はその雨を冒して、岡崎へ戻り、家康に会って、その日のうちに再び大浜へ帰った。父家康にもう一度会っておきたかったのである。

九日信康は小姓五人と一緒に大浜より遠州堀江へ移された。この浜名湖畔の小さい城で十日程過し、更に二俣城へ移された。

信康が身柄を各地に転々と移されている間、参河の地は動揺していた。信長の処置を怒っていつ反乱が起るとも判らぬ情勢にあった。家康は岡崎城を松平康忠、榊原康政等に護らしめ、信康の監視役としては大久保忠世を選んで彼を二俣城に遣わした。そして一方、鵜殿善六郎を派遣して、参河の諸将を岡崎に集合させ、信康の事件で騒擾しないための起（き）請文（しょうもん）を取った。

こうした情勢の中で、八月二十九日、築山殿は浜松城外で害せられ、翌月十五日、信康

は命に依って二俣城で二十一歳を一期として自刃した。

徳姫はその年を岡崎城で過し、翌天正八年二月二十日、岐阜へ帰るために、輿で岡崎を立った。徳姫の出立に先立って、十七日に家康は岡崎に来て、徳姫に別れの挨拶をし、松平主殿助家忠をして、徳姫を桶狭間まで送らせた。桃の盛りであった。五梃の輿は何十騎かの武士に護衛されて断層の多い丘陵を上ったり下ったりした。徳姫は岡崎城内の奥深くに垂れ込めていたので、参河一帯の動揺についても無知であったし、自分に対する参河人の怨嗟の声も知らなかった。勿論次の事についてもなんら知るところはなかった。

即ち、信康自刃の折の最初の介錯人渋河四郎右衛門が当日半狂人となって出奔してしまい、ためにそれに代って服部半蔵が介錯することになったが、鬼の半蔵と言われた彼も、その場に及ぶと刀を投げ棄てて卒倒してしまったということ。代って信康を介錯した天方山城守は、その後家を出て高野山へ入ってしまったということ。それから又、合戦の度に信康に具足を着せていた久米新四郎が、信康の自刃を聞くや、仕官を棄てて、家康の上意に依っても絶対に志を変えないでいるということ。

そうした信康自刃を取り巻く数々の噂は、岐阜に行ってから、一年後に初めて徳姫の耳に入った。この登場する大方の人物の名も、顔も、徳姫は知っていた。徳姫は、築山殿がそうであったように喜怒哀楽を喪った無表情な面でそれを聞いた。

尾張へ帰ってからの徳姫については殆ど知られていない。降って、信長の歿後の天正十二年に、兄信雄に依って秀吉のもとに人質に出されようとした「妹岡崎殿」なる女性が徳姫ではないかということと、晩年京都烏丸御門の南に住んでいて、寛永十三年に七十八歳で歿したということだけが、僅か二、三行の記録として伝えられているに過ぎない。

天正十年元旦

勝頼はがばと床の上に起き上った。そして夢であったかと思った。夢の中で聞いた陣鼓の響きはまだはっきりと彼の耳の中に残っていた。冷たく、暗い、なんとも言えぬ厭な響きだった。

勝頼は床の上に坐った。正月早々から織田軍に攻め立てられる夢を見たことが堪らなく不吉に感じられた。勝頼はもう眠れないと思ったので、縁側へ出ると、戸を一枚静かに開けてみた。夜があけかかっている。日が出るのにはもう間はあるまい。天正十年元旦の陽が。

勝頼は寝所へ戻ると、すぐ武具を身に着けた。ここ半年来いつも武具は寝所へ置いてある。味方の中にいつ織田方へ寝返りを打つものが現われないとも限らないからである。情況はそれほど切迫していた。

武具を着けると、勝頼は初日の出を拝むために庭へ降りようとしたが、寝所の隣りの部屋に薄く燈火が点されているのを見ると、縁側から庭へ降りかけたのをやめて、燈火の点っている部屋の前に立った。そしてそっと襖を少し開けてみた。

明けて十九歳の若い室が、机に顔を伏せて眠っていた。寝床は傍にとられてあったがそこにはいらず、机に凭れて眠っているのである。

勝頼は暫く室の白い華奢な首筋を見守っていたが、やがて、そっと部屋の中へはいって行った。室の凭れている机の上には白紙が拡げられ、そこに何か認められてあった。そしてその横の硯箱の蓋は開けられたままになっている。

勝頼はぎょっとした。室が武田家の悲運に絶望して自害したのではないかと思ったからである。併し、室は自害してはいなかった。軽く顔が動いた。そしてほんのちょっとの間軽い寝息が聞え、あとはまた死んだように動かなくなった。

勝頼は机の上の紙に眼を当てた。

――南無きみょうちょうらい八幡大菩薩、この国の本主として竹たの太郎と号せしよりこの方代々護り給う。

そこにはそれだけ書かれてある。明らかに願文である。戦捷祈念の願文に違いない。恐らく武田八幡宮へ奉ずるものであろうと思われた。室はこれを書き始め、そのまま疲れて眠ってしまったものと思われる。

室は今は敵方に回ろうとしている関東の北条の女である。自分に嫁いで来た許りに、現在すべての身内と離れて、悲境のどん底に突き落されている。

勝頼は室には言葉をかけないで、その部屋を出た。人形のように喜怒哀楽を表情に現わすことを知らぬ室の心の底に、このような烈しい形で、武田家を思う心が匿（かく）されてあったということは意外であった。

勝頼は庭へ出た。軒端（のきば）からは何百本の氷柱（つらら）が簾（すだれ）のように垂れ下っていた。勝頼は太刀の鞘でそれを払った。氷柱の何本かは音を立てて地面へ落ちた。

城は半造りである。十日程前に、昔からの武田の居城であった古府の城を焼き払い、半造りのこの城に移ったのである。城の軒端という軒端から氷柱の垂れ下っている様は異様であった。

勝頼は中庭を突っ切り、これもまだ半造りの門をくぐって城の裏手へ出た。あたり一面熊笹が生い繁っているが、熊笹も地面も霜で白い。暫く行くと桃の林に出た。桃の季節にはここはさぞ美しいことであろうと思われた。

併し、桃の季節まで——、ふと、不吉な思いが勝頼の心を掠（かす）めた。が、彼はすぐその思いを追い払った。室の書きかけの願文が眼に浮かんで来た。勝つ気持を喪（うしな）ってはならない。あの若き室のためだけにも、最後まで闘う意志を抛棄（ほうき）してはならない。

桃の林を出ると、すぐ、大地はそこで断ち切られ、険しい断崖をなしている。下は釜無川の奔湍（ほんたん）が岩を咬（か）んで奔（はし）っている。

磧（かわら）に十戸程の農家が並んでいるが、まだひっそりと寝静まっている感じだ。東の平原の果てから陽が出ようとしている。

勝頼は東の方へ向いて手を合わせた。必勝を祈願した。併し、それは自分のためではなく、若き室のためであった。

勝頼は心の一方では全く別のことを考えていた。せめて桃の咲く季節まで、どうにかしてこの城を持ち堪（こた）えたいものだと。

巳（み）の刻（午前十時）。

安土城の大広間へは、続々と諸国に出陣している武将たちからの賀使が詰めかけていた。

賀使は一人一人信長の前へ進み出た。

信長は無表情で祝賀の言葉を受けると、それでも何かとそれぞれに出陣の労苦を犒（ねぎら）う短い言葉をかけていた。新春の賀筵（がえん）は改めて五日に開かれることになっていたので、今日の年始は型許りだった。

使者は祝賀の言葉を述べると、次々に退散して行ったので、大広間は大勢の人が詰めかける割には静かであった。

「戦捷の新春おめでとうございます」

一人の賀使が平伏して頭を上げた時、この時だけ信長は小さい二つの眼を光らせた。この賀使だけが己が主君の名を披露しなかったからである。

「遠方を御苦労だったな」

「は」

「お国は寒いことであろうな」

信長は言った。

「これから雪でございます」

「いずれ近くお会いできるだろう。よろしく伝えて戴きたい」

それから信長は、

「今年はお国の梅を見たいものだな」

と付け加えた。

使者は退散して行った。一座の誰にもこの使者がどこから来たか判らなかった。信長の言葉で雪国から来たであろうことは判ったが、それ以外は全然見当が付かなかった。それに信長の応対ぶりが他の使者に対するよりは鄭重だったことも、少し訝しく感じられた。信長だけは知っていた。使者は木曽義昌からのものであった。木曽は近く武田に叛いて、織田軍の嚮導として甲信地方に進撃する筈であった。それももう目睫の間に迫っている。

暫く賀使が途絶えた。

信長は甲信への進軍を、桃の季節にするか、梅の季節にするか、そのことを一人で考えていた。今や武田氏を亡ぼすことは赤子の手を捻(ひね)るに等しかった。ひとたび進撃の命令を下せば、それから旬日を経ずして武田一族は絶滅する筈であった。

桃にするか、梅にするか！　信長は今日——天正十年の第一日にそれを決定するつもりでいた。

ぱあっと信長の瞼に桃の花が開いた。やはり桃の時期だなと信長は思った。指揮者は？　すると織田信忠の顔が浮かんだ。これも信忠がよかろう。

「明智様からの賀使でございます」

近侍の者が告げた。

信長は自分の思いが途中で断ち切られたことが不快だった。

「謹んで戦捷の新春のお祝いを——」

使者は平伏していた。武骨な、大柄の武士だった。

信長は返事をしないで、

（進撃命令を二月に降す。三月に武田は亡びる。五月に自分は京にはいる。そして——）

信長は顔を上げた。明智光秀の使者はまだ平伏していた。

（そして——）

京へはいってから、その次は何をする？　信長は不思議に京へはいってから自分がいかに行動するか、思い浮かんで来なかった。いつもなら、いかなる作戦でも、いかなる行動でも、次々に先が読めて来るのに、京へはいってからの自分が、いかにすべきか、そのことが頭に浮かんで来なかった。

「退くよう」

信長は近侍の者に言った。明智の賀使に引き退るように命じたのである。そして彼自身も席を立った。光秀からの使者はなお平伏していた。

信長は広間から縁側へ出た。京へはいってから、自分が何をすべきか、頭へ浮かんで来ないことが気懸りだった。そして、それは恰も光秀の使者が来たためのように思われた。

信長はまた初めから考え直した。甲信へ侵入する。武田は亡びる。論功行賞はすばやく取り行なう。凱旋する。自分は京へはいる。そして――？

それから先は妙に空白だった。

恰も己が人生がそこで断ち切られでもするように。

信長は大きく笑った。妙に空虚な笑い声が自分に返って来た。向うの廊下を光秀の使者が俯向いて去って行くのが見えた。

霧が深かった。丹波は秋から冬へかけて、毎日のように深い霧が山野に立ちこめたが、この年の元日は特にひどかった。午後になっても、いっこうに霧のはれる気配はなかった。

光秀は本陣になっている寺のひと部屋で近侍の者たちと小さい茶会を開いていた。部屋には燈火を点してあって、昼というより夜の感じだった。

今しも茶を喫し終った光秀は、茶碗を両手に持って、それを静かに膝の上に置こうとしたが、なぜかはっとした。拇指が茶碗の肌をさぐった時、指先に茶碗が欠けてでもいるような小さい疵の跡を感じたからである。

「まだ霧ははれないか」

光秀は静かに言いながら、また拇指を茶碗の表面に滑らせた。やはり小さいひっかかりがある。確かに疵である。茶碗は名のある器ではない。合戦の合間に、茶を点てるために持参しているもので、もとより上等なものであろう筈はない。併し、欠けたものは不快であった。しかも元日の初の茶会である。

「依然として霧は流れております」

「どこも見えぬか」

「は、立木一本見えませぬ」

光秀は両手で抱えるようにして、茶碗を眼の高さまで持ってゆくと、それをひっくり返した。そして拇指の当っているところに眼を当てた。にぶい燈火の光で見ると、やはり小さい疵であった。

光秀は縁起でもないと思った。併し、それを口には出さなかった。勿論近侍の者をも咎めなかった。考えて見ると、茶碗の一部分が欠けたとしても、必ずしもそれは怪しむに足らなかった。形あるものはいつかは壊れなければならぬ。自然の理であった。

併し、いつ壊れるか、これはその物の持っている運命である。神も仏も知りはしない。主君信長にしても、その運命にいつ狂いがあろうとも知れぬ。自分にしても亦同じことである。

「霧はまだはれぬか」

光秀はまた言った。そして、茶碗をそっと前に置くと立ち上がった。襖を開けて庭を見た。なるほど霧の海であった。立木一本見えなかった。

「何も見えぬな」

それから光秀は再び座に戻った。霧は自分の運命をも取り巻いていると思った。今年が彼にとって、どのような年であるか、光秀には何も判らなかった。

霧に取り巻かれた部屋の中で、妙に冷んやりした気持に閉されながら、光秀は茶をもう一服所望した。

秀吉は鳥取で珍しく合戦のない一日を迎えた。元日だからと言って合戦を休もうという気持は毛頭持っていなかったが、敵から合戦を仕掛けて来ない以上、自分から軍を動かすことは無駄だった。昨年から膠着(こうちゃく)状態になっている対毛利との戦線は、彼の立場をそのようにしていた。

秀吉は武具を着けたまま、午後に信長に献上する物品を点検した。本陣をまるで取り巻くように何丁かにわたって献上品は並べられてあった。

秀吉は品物を一つ一つ自分で手にとって改めて行った。


太刀。茶器。

銀子千枚。

小袖百。

鞍置物十四。

なめし二百枚。

明石干鯛千個。

蛸（たこ）三千連。


そうしたものが、何丁かにわたって拡げられてある敷物の上に一列に並べられてある。

まあ、これだけ多量に持って行けば少しは目立つだろうと、秀吉は思った。これらの献上品をかついだ武士たちが安土の城門をいつまでも尽きることなく続いている様が眼に浮かぶと、秀吉は満足だった。

「上様」

武士の一人がやって来た。

「矢文でございます」

「何といって来た」

「いつ総攻撃を仕掛けるかと問合せて参りました」

「人を喰っているな」

「二月一日に総攻撃をかけると答えてやれ」

「は」

武士は去って行った。

秀吉は二月一日に本当に総攻撃をかけてやろうと思った。今年は言明した通り作戦を進めることにしようと思う。どうせ勝つに決まった合戦である。ただ問題は時期である。一カ月や二カ月でどうなるものではない。周章てないことだ。

それより難しいのは、主君信長の心をどのようにして繋ぎ留めておくかである。短気な信長は、いつ腹を立てないものでもない。献上品ででも驚かしておく以外術はないと思う。

「するめを五千ばかり追加するように」

秀吉は一刻あまり費して献上品を点検すると、

と命じた。そして、

「余も退屈じゃ、するめ一枚くれぬか。酒でも飲もう」

と言った。やがて、

「また矢文でございます」

武士が言って来た。

「二月一日までは合戦はせんと言ってやれ」

「ところが、敵はここ数日中にお目見えすると言って寄越しました」

「向うから仕掛けてくれば応えねばならぬ」

「戯れかも知れません」

「戯れは言うまい、元日から。――合戦の用意を整えておくよう。それから、するめ一枚くれ」

「は？」

武士は怪訝（けげん）な顔をして秀吉を見守った。秀吉はその自分の言葉を忘れたように、こんどは、

「献上物に蛸を千連追加しておけ！」

と言った。秀吉は幾ら追加してもまだ足りないような気持がしていた。

武田が亡び、信長が殪（たお）れ、それに代った光秀が亡滅し、天下がそっくり自分の手中に転げ込んで来る幸運は半年先に迫っていたが、秀吉はそんなことを夢にも考えてはいなかった。ただ天正十年の春の陽がいつもより少し眩（まぶ）しく感じられていただけであった。

天目山の雲

三方ヶ原の合戦で大捷を博すや、甲州勢二万五千は浜松城へ逃げ込んだ家康を追って、犀ヶ崖に屯ろした。元亀三年十二月二十二日の夜である。

信玄の陣屋に、宿将老臣は続々と詰めかけた。明日の軍評定をするためである。四郎勝頼が一番最後に顔を出した。武具に薄く雪を載せ、頭髪は彼だけが乱れていた。昼間の合戦の興奮は二十七歳の武将の顔からはまだ奪われていなかった。

信玄は、勝頼の顔を見ると、今日の三方ヶ原の合戦の第一の殊勲者として勝頼になんらかのねぎらいの言葉をかけたかったが、それを控えた。実際に、合戦の捷因は勝頼が作ったものであった。合戦の半ばまでは勝敗の帰趨は全く判らなかったが、やがて合戦巧者と言われている山県昌景が彼にもなく徳川の旗本に斬り立てられ崩れ立ったのが原因して、武田の魁兵がまさに敗走に及ぼうとした時、勝頼は二間柄の槍を提げ軍勢を馬手の方へ叩き廻し、部隊に急の太鼓を打たせて、敵陣に自分が先頭になって突掛って行った。

その時の勝頼の武者振りはわが子ながら天晴れであった。結局勝頼の手勢の時宜を得た斬り込みで、味方の敗走を喰い止め、形勢を逆転することが出来たのであった。

軍評定ではいつになく真先きに、勝頼が口を開いた。今日の大捷の余勢を駆って、いっきに浜松城に攻めかかり、城を落し、家康の首級を挙げるべきであることを主張した。信玄にも格別の異存はなかった、馬場信春、山県昌景の諸将も反対の顔色を示さなかった。すると高坂昌宜が最後に自重論を持ち出した。

「浜松城を抜こうとすれば、早くも二、三旬は要しましょう。この時に於て織田は数万の兵をもって来援すること必定、対陣日を累ねるよりは、予定通り、一日も早く西上の軍を進めるに如かないでしょう」

これに対して、信玄は改めて一座の意見を徴したが、誰もまたこの高坂説に対しても異論を挟まなかった。

人格識見共に備わった温厚篤実な高坂昌宜の言ではあり、それはそれで至極尤もな説であったからである。信玄は、一座を見廻し、最後に、馬場信春の隣りに、顔を真直ぐに上げている勝頼の面に眼を当てたまま、

「明日は軍を刑部に回して、そこで年を越し、新春早々吉田の城を抜こう」

と言った。高坂説を採ったのである。

信玄は勝頼の意見の方に、寧ろ心は向いていた。高坂昌宜の言うように、浜松の城を攻

め落すに、二旬三旬を要そうとは思わなかった。併し、勝頼が手柄を樹てた時だけに、寧ろ、高坂昌宜の方を立てて置きたかった。今や年来の宿望を果す西上の途上にあった。勝頼は自分の子であるから兎も角として、部下の顔は出来るだけ立てて置かねばならなかった。京都までには前途なお多難である。宿将老臣の多くの生命を、彼はここ半歳のうちに貰わねばならないことを誰よりもよく知っていた。

「戸外にはまだ雪が降っているか！」

信玄は勝頼に声をかけた。珍しく勝頼の声を聞きたかった。勝頼の武具からは水滴が滴っていた。

「は」

勝頼は、幾らか顔を蒼くしたまま、信玄の方を見ないで答えた。

作戦が決定すると、やや寛いだ空気が一座を占めた。馬場信春が、敵将家康を賞讃して、

「越後の輝虎、参州の家康が日本一の剛の大将でございましょうか。今日の合戦で、戦死の参河武士は、下々まで勝負つかまつらざるはなく、その証拠に、こちらに転びたるはうつむきになり、浜松の方に転びたるはあおむきでございました」

と言った。並みいる武士たちは馬場の観察を面白がった。勝頼は凜とした風貌で一人黙っていた。

「日本一の剛の大将にもう一人加えるとすれば――」

信玄は笑って言った。あとは口を噤んだ。彼には勝頼の若さが頼もしくもあり、同時にそれが不安にも思えた。

三方ヶ原合戦の徳川方戦死者の中に、織田の部将平手汎秀の死体があった。これを信玄は信長との絶交の口実に使った。営を犀ヶ崖から刑部に移すと、信玄は直ぐ平手汎秀の首級を信長の許に送り、徳川応援の兵を出したその不信を責めて、絶交を申し送った。

三方ヶ原の合戦の日から降り出した雪は、なおも降り続いていた。信玄は雪の刑部で越年し、天正元年を迎えた。

正月三日に、北条氏政から戦捷の祝詞が来た。四日には信長からの使者として、織田掃部忠寛が書信を持ってやって来た。

弁解とも謝罪ともつかぬもので、平手は家康監視のために派遣しておいた者だったが、浅慮から合戦に紛れ込んだとか、家康は若年のため血気にはやり大事を惹き起したとか、その他いずれも箇条書きで「以後家康との仲を違ひ申すべきこと」「子息城介殿御むこに被成被下候様」「人質を信玄公御のぞみのごとく進ずべし」等々十五項目が並べられてあった。

信玄は勿論これに取り合わなかった。すると七日に、こんどは将軍義昭から、信玄と信長との仲を取り持つ意を含んだ使者が来た。信玄はこれを拒絶した。信玄はこれに依ってはっきりと信長と断ち、彼との間に事を構える意志を持っていることを天下に公表したわけであった。

信長は弱気になっていたし、家康は三方ヶ原の敗戦の痛手から当分は立ち上がれそうもなかった。一方永年の宿敵上杉謙信（輝虎）は、織田、徳川と組んで、信玄西上を牽制阻止する役目を受け持っていたが、現在越中の軍事に多忙で、早急に信玄の留守を衝く余裕があろうとは思われなかった。

それに加えて、四囲の事情は信玄の西上に好都合に展開していた。刑部の本営へは、正月早々から続々として、戦捷を祝する書信が届けられた。

伊勢の北畠具教は信玄に速やかな上京を促し、吉田まで船舶を廻して用に供せんことを申し込んで来ていたし、朝倉、浅井、三好の諸豪、山門の残党、大坂、長島の門徒等いずれも、信玄の西上を期して事を挙げんとしていた。浅井長政は穴山信君を通して、松永弾正久秀は六角義賢を通して戦捷を賀すと共に、信玄の発向の速やかならんことを申し送って来ていた。本願寺光佐は、直接に信玄宛の書面で、遠参尾濃四ヵ国の門徒が一せいに蜂起することを約束して来ていた。信玄西上の機運はまさに熟していたのである。

七日、信玄は令して刑部を進発した。土地の豪族三氏、所謂山家三方を道案内として、吉田城を目指して進んだ。途中十二日に豊川沿いの藪の中に小城が見えた。徳川方の菅沼新八郎が立籠る野田城である。

信玄は吉田城を落し、八幡、御油、長沢と軍を進めて、岡崎へ迫るつもりだったが、それに先き立ち、この小城を屠る気になった。ひと揉みに揉み潰すのに、さして時日を要そうとは思わなかった。

併し、野田城の城攻めは意外に手間取った。城兵よく闘って容易に落ちなかった。徳川には援軍を出す力はなく、信長また怖れて軍を発しなかったので、城は全く孤立無援だったが、攻防戦は月を越し、二月十一日の落城まで、約一ヵ月を要した。

この野田城の陣に於て信玄は病を発した。肺肝の疾であった。彼は十年精進潔斎の身であったが、二月から禁を破って体の栄養のために魚鳥の肉を摂った。漸くにして野田城は落ちたが、西上の計画をひとまず延期し、身を鳳来寺に移して休養しなければならなかった。

信玄は病やや癒ゆるを待って、再び鳳来寺に陣を張り吉田城を攻めようとしたが、病再発するに及んでついに軍を甲斐に回すの已むなきに到った。そして郷里への帰還の途中、参河、美濃、信濃の国境弥羽の上村に於て急に病は革まった。信玄は勝頼を初め重臣たちを枕許に招き、

「信玄煩っていても、存生の間は、わが国へ手指す者はあるまい。三年の間、喪を秘めよ」

と言った。そして長いこと眼をつむっていたが、突然山県昌景を近くに招いた時は既に

意識は混濁していた。

「明日は、その方、旗をば瀬田に立てよ」

信玄はきびしく山県昌景に命じた。臨終の床で彼の魂は京都に近い戦野を狂おしく駆け廻っていたのである。

一座はその信玄の言葉を聞いて暗然とした。

勝頼だけは、その父のうわ言をうわ言として聞かなかった。出来るならば瀬田へ旗を立てるために、父に替って自分が西上の軍を進めたかった。

それから一刻程経ってから信玄は歿(ぼっ)した。年五十三、四月十二日の申(さる)の下刻(午後五時)であった。

その夜、老臣たちばかりの秘密の通夜の席で、勝頼は、野田小城のために月余の日時を費し、その果てにこのような事態になるならば、自分が主張したように、三方ヶ原の合戦の直後、直ぐに浜松城を攻むべきではなかったかと思った。

信玄はその生涯を通じての全盛時代の頂点に於て他界した。勝頼が、甲州の名家武田の家を継いだのは、かかる時であった。

信玄の遺志に依り、家督は勝頼の子太郎信勝に譲られることになり、信勝の十六歳の初陣の時まで、勝頼が後見として陣代し、政務軍政を預かることになった。

三年間喪を秘めよと言う遺言は、宿将老臣たちに重く考えられたが、勝頼は口にこそ出さなかったが、さしてそれに捉われなかった。若いとは言え既に二十八歳であった。上州の嶺、松井田、箕輪の諸砦攻略の時十八歳で初陣して武勲を樹ててから、十年の歳月を合戦合戦で送っている。武功算えるに遑がない。殊に北条氏照の武州滝山の城攻めの時は、初めて一方の将として寄手の大将を承って月毛の馬に跨がって出陣した。二十四歳であった。その合戦で剛勇を以て聞えた師岡の城主師岡山城守がその穂三尺の大身の槍を持ったのと渡り合い、三度まで槍を合わせて、相手を二階門の下まで追い詰めている。敵味方等しく讃歎して、その勇猛振りは現在までも語り草となっている。剛勇亡き父に劣ろうとは勝頼自身思わなかった。

当時、武田家一門は信玄の子葛山六郎信貞、仁科五郎盛信、信玄の舎弟孫六、同入道逍遥軒、同一条右衛門太夫、同兵庫介信実、それに穴山入道梅雪、武田上野介等があり、宿将老臣には、馬場美濃守信春、内藤修理昌豊、山県三郎兵衛尉昌景、高坂弾正昌宜等多士済々であった。

勝頼には、自分を取り巻いているこれらの人物の方が、四隣の敵より余程煩く思われた。信玄が西上の軍を回らしたまま、再び征途に上らないので、信玄が健在であるか否かの疑惑は、全国の武将たちのひとしく抱くところのものであった。

真先きに信玄の死を確かめようとしたのは小田原の北条氏政である。その臣板部岡江雪斎が信玄の病気見舞にやって来た。

武田の重臣たちは謀って、信玄の弟の入道逍遥軒が最もよく信玄に似ているので、彼を居室の屏風の中に寝させ、夜、江雪斎を居館に引き入れて、床から程遠く置き、短い挨拶を二つ三つさせて、その場を取りつくろった。

勝頼の眼にはそうした処置が苦々しく映った。それ程までにしなければ、武田の家が護れぬとあらば、滅亡しても仕方ないではないかと思った。

真先きに信玄の他界を信じたのは家康で、早くも五月には駿河に入り岡部に放火し、六月には二俣城附近に進出して、それに対抗する砦を三つ築き、七月には長篠城を攻め、八月には武田の後詰の兵の間に合わぬうちに、長篠城を攻略した。この頃作手城主奥平貞能、その子貞昌も亦武田に叛いて家康の威風に靡いた。勝頼は作手の城兵をして、奥平父子を攻めさせたが、戦は有利に展開しなかった。

勝頼はこうした情勢に対していらいらしていた。重臣たちは三年間は外に対して事を構えず、領内をよく治めるのが信玄の遺志であるとしていた。誰も彼もが「法性院様の御遺志」とか「御屋形様の御考え」とかいう言葉を使った。

勝頼は彼自身の場合は最早や父の喪を秘める態度を取らなかった。自ら進んで公表することはなかったが、彼自身が家督を相続したことは、公然と、諸国の武将たちへの書信に書き綴った。

九月に本願寺光佐から「今度（このたび）御家督之儀、大慶千万満悦目出度く覚え候（さうらふ）、扨（さ）て太刀一振、腰物、馬一匹之進入候祝儀を表す計（ばか）りに候、なほ節々は申す可く候、委曲は法眼に申入る可く候」と言う祝いの手紙が舞い込み、別に法性院宛に「御家督の儀四郎殿へ御譲渡の事珍重に存ぜられ候」という書面があって、信玄には、太刀一腰、香合、盆が贈られて来た。奇妙な書状であった。

勝頼は高坂昌宣にこれを見せたが、高坂はそれに対し何も言わず、顔を少し曇らせた。またその月の終りに、勝頼は二宮に武運長久の祈願書を納め、「身に重服あり、日限まだ満たざるを以て」と、明らかに自分が喪中である旨をその文中に綴った。

斯（こ）うした勝頼の態度が譜代の重臣たちの顰蹙（ひんしゅく）を買ったことは当然のことだった。十一月、勝頼は諸将を説いて、自ら兵一万五千を率いて駿河より遠州に入り、諸所に放火して天竜川を渡った。三方ヶ原の合戦から一年経とうとしていた。勝頼は浜松城を抜こうと思ったが、敵の防備の厳なるを理由に、馬場信春に諫（いさ）められ、遠州榛原（はいばら）郡の諏訪原に築城したのみで、甲州に帰った。

翌天正二年正月、勝頼は美濃に兵を進め、明智城を攻め、信長の援兵の来ない前にこれを落した。勝頼は織田方とのこの最初の合戦で気をよくした。

五月には再び甲州を発し、参河に入り、菅沼定盈（さだみつ）の野田城を屠り、進んで高天神城を囲んだ。城主小笠原与八郎は家康に援兵を乞い、家康は援けを信長に求めた。勝頼は織田の援兵の来る前に城を落した。

勝頼は甲州に凱旋するや、高天神城の戦捷を祝して、諸将を饗(きょう)した。席上で、高坂昌宜は盃を執って、立ったまま勝頼に聞えよがしに、

「これ武田家の滅亡を語る盃である」

と言った。温厚な高坂にしては珍しく強い語勢であった。それを受けて、内藤昌豊も、

「一歳のうちに東美濃の諸城を抜き、今また城東郡を取る。士を苦しめ、兵を損じ——」

と応じた。勝頼は聞かない振りをしていた。若しこれが父信玄の行動であったとしたら、彼等は何と言ったであろうか。勝頼は、父が生存していたら、恐らく父がやったであろうことを、自分は現在やっているに過ぎないと考えていた。

この席で、高坂、内藤の二老臣は、勝頼に信長、家康と和すべきことを勧めた。信玄が岩村城攻略の時人質として捉え、現在甲州に置いてある信長の子御坊丸に東美濃の地を与え、また同じく甲州に人質となっている家康の異父弟源三郎には城東郡を与え、鉾先(ほこさき)を変更して関東諸国を攻略すべしと説いた。

勝頼はもともとこれは自分を軽んずるところから出たものとして、彼等の言を容れる気持はなかった。

勝頼はいつか父信玄の名声と対立している自分を感じていた。父信玄を憎んでいる自分の気持に気付いた時、勝頼は出陣の法螺(ほら)を、居館のある古府の城下に鳴り響かせた。九月

であった。勝頼はまたまた兵二万余を率いて浜松城を攻略するために、遠江（とおとうみ）に出て天竜川に陣した。が、決戦の機会に恵まれず鳳来寺に塁を築いたのみで、空しく伊那谷を経て信州に帰った。

　勝頼は信玄の歿後に失った城砦の奪還を企て、第一に白羽の矢を立てたのは、長篠城であった。

　天正三年四月、勝頼は越後の上杉謙信への備えとして高坂昌宜を国内に残しておき、それ以外の全軍を率いて、駿河を経て、遠州に入り、平山越えをして参河に入ると、五月一日、長篠城を囲んだ。城主奥平貞昌と援将松平弥九郎は勝頼の大軍を引受けてよく防ぎ戦った。甲州勢は十一日に城の渡合南門を攻め、十三日には瓢丸を攻めて兵糧蔵を奪った。甲州勢が瓢丸を攻めた十三日に、信長は兵一人に柵木一本ずつを携行させて岐阜を発した。

　勝頼は信長の軍が動いたのを知って、自ら陣頭に立って、十四日総攻撃を開始したが城は落ちなかった。

　こうしている間に信長は十五日に岡崎へ到着、十六日牛窪に着き、十七日は長篠と指呼の間にある野田に至り、徳川軍と合体した。そして早くも十八日には織田、徳川の連合軍は設楽原（したらがはら）に布陣を完成したのであった。

　この新情勢の展開に依って、勝頼は長篠の城攻めから転じて、設楽原に於ける織田徳川連合軍との決戦へと、身を挺しなければならなくなった。

十九日の暁方、勝頼は諸将と進撃を議した。馬場、内藤、山県、小山田の老将たちは、信長、家康は全力を挙げて来ている。兵を甲州に引くを得策とすると主張して、尽（ことごと）く進撃を不可とした。これに対して跡部大炊介（おおいのすけ）、長坂長閑の二人は、武田家は由来敵に背後を見せたことがない。進撃すべきであると主張して、共に譲らなかった。

「御法性院様御在世ならば――」

馬場信春が言いかけた時だった。勝頼は、

「御旗と御楯も照覧あれ、明日は打って出て、設楽原に敵と雌雄を決しよう」

と言った。武田家では「南無諏訪南宮法性上下大明神」と認めた旌旗（せいき）と、楯無しの鎧（よろい）と称するものが、父祖伝来の宝器とされており、これへの誓言は、昔からこれに背くことができぬとされていた。

一座は水を打ったようにしんとなった。

「それなれば明日は潔く合戦して討死しましょう」

と、馬場信春は静かに言って、席を立った。

「討死しないで古府へ帰る面々もありましょう。その方々に、御家のあとをお頼みします」

内藤も深く決することとある面持で言って、馬場の後に続いた。無口な山県昌景だけは、眼を異様に光らせたまま黙っていた。

勝頼はその日軍を三隊に分けて、滝川を渡った。

合戦は二十日の暁方卯の刻（午前五時）に始まった。武田の騎馬隊は、押太鼓を鳴らして、武田一流の戦法で敵陣に迫ったが、敵陣前には目通り一尺廻りの柵が造られてあり、それに進撃をはばまれているところを、銃火の一斉射撃を浴びた。武田の軍勢は一瞬にして柵前に倒れた。これにひるまず、武田勢の突撃は、午頃までの間に五十数回繰り返され、その度に死傷続出した。そして武田方がその兵力の大半を失った頃、織田徳川勢は木戸を開いて打って出て、白兵戦に入った。ために武田軍は総崩れとなった。

未の下刻（午後三時）に勝敗は決していた。

この合戦で山県昌景は柵前で銃丸に当って討死し、内藤昌豊は勝頼の落ちるのを見て敵陣に斬り込んで戦死した。一生手疵を負ったことのなかった馬場美濃守は、この時も亦微傷をさえ負っていなかった。彼は勝頼を守護して引いて行ったが、これまた頃合を見計って敵方に首級を挙げさせた。

勝頼は敗走の途中、自分を遠く近く守りながら、追撃する敵と闘いつつ落ちていた馬場信春の姿が見えなくなった時、

「馬場は？」

と訊いた。その時周囲には追撃して来る敵の姿は見えなかった。

「ただ今、敵方へ取って返されました」

と一人が答えた。それから半刻もせずして美濃守の討死が勝頼に知らされて来た。勝頼は敗戦より、自分が一人の老将馬場信春に棄てられたことが身に応えた。怒りと悲しみの混合した感情が、敗軍の将勝頼の上に、大きい疲労となってのしかかって来た。

この合戦で甲州へ辿り着いた者は三千に過ぎなかった。

重臣のうち、ただ一人甲州に残っていた高坂昌宣は、八千の兵を率いて、敗軍を伊那の駒場に出迎えていた。彼は自ら先頭に立って、二十騎、三十騎となって落ちて来る敗兵を収容していた。高坂昌宣は五十になった許りで、小柄で、その容貌は平生でも六十ぐらいに見えていたが、この時は別して老けていた。

勝頼はさすがにこの時は素直であった。

「老臣たちの諫を容れず、勝利を失った許りでなく、古老の面々を討死させたことはまことに申し訳がない。勝頼の武運も、もはやこれまでと思う」

と、言った。それに対して高坂は顔色一つ変えず、

「御若気の致すところなれば、合戦をおすすめした面々だけに罪はございましょう。一万の味方を以て、何倍かの敵に一日五十八度の合戦をなさったのですから、誰か弱将と申すものがありましょう」

と慰めて言った。高坂昌宣の息源五郎もこの合戦で討死していた。高坂はこれはと思う

武士の死が、生き残って帰って来た者の口から判る度に、無表情のままで軽く頷いていた。そして三日三晩殆ど眠らないで、敗兵のやって来る方角を睨んで、道の真ん中に立ちつくしていた。

併し、古府に帰館すると、間もなく、高坂は五箇条の諫状を勝頼の許に差し出した。

一、駿河、遠江を氏政へ進ぜられ、北条の幕下にならせられ、御先をなされ、勝頼公は、甲斐、信濃、上野三箇国御支配と、仰入られ御尤ものこと。

一、其上にて、氏政の御妹子を迎へ取られ、氏政の御妹婿に、御なり御尤ものこと。

一、唯今までの足軽大将を、人数持になされ、馬場、内藤、山県が子供を始め、皆同心被官を召し上げられ、奥近習になされ、小身にて召仕はるべく候、明日某果て候ふとも、伜を小身になされ、同心被官老功の者に御預け御尤もに存ずること。

他に二条あった。言々総て高坂の忠節の心情溢れるものであった。勝頼はこれを素直な気持で読んだ。が、日が経つにつれ、勝頼は、この諫状にも素直な気持で対かえなくなって行った。北条の幕下になれというようなことは全く愚鈍扱いであった。勝頼は高坂の誠忠を信じていたし、幼少より、重臣の中でこの風采の上がらぬ言いたいことを言う高坂昌宜が一番好きでもあったが、この諫書は、次第に差出がましいものに感じられて来た。彼は北条氏と姻戚関係を結ぶことだけを約束して、他には何の沙汰もしなかった。

勝頼はこんどの合戦で、火器に破れたことが口惜しかった。若し火器がなく、五分五分の立場の勝負なら敵の何分の一の人数でも、決して負けは取らなかったと思った。そして九歳になった信勝を見る度に、早く信勝が一人前となり、跡目を相続してくれたらと思った。自分は隠居して、自由自在に戦場を駈け廻りたかった。

敗戦責任者として、生き残っている血族や重臣たちの勝頼を見る目は冷たかった。勝頼はそれを感じた。

「法性院様御存命ならば、――」

という長篠合戦前夜馬場信春の口から出た言葉は、周囲の誰の口にも用意されてあるように感じられた。

併し、勝頼は父信玄が自分に代っていても、こんどの合戦では同じ結果であったろうという考えを棄てることはできなかった。それが誰の心にも通じないことが勝頼には口惜しかった。

長篠合戦から幾許も経たない九月には、勝頼は再び二万の軍勢を率いて浜松城を窺ったが、家康が合戦を避けたので果さなかった。

長篠合戦後、参河、遠江の城は逐次織田徳川の手に移って行った。家康に依って、五月に足助の城砦が、六月に作手、田崎、七月に武節、八月に諏訪原、十二月に二俣が落された。一方信長に依っては、五月岩村城が奪還された。

敗報続々到る中にあって、勝頼はじっとしていられなかった。年が改まると、勝頼は軍を率いて幾度か甲斐を進発した。高坂昌宜はいつも勝頼が軍を動かすことに反対した。が、自分の諫言が容れられなくても、それをなじることはなかった。一度出陣と決まると、自分の諫言のことは自ら忘れてしまったような顔をして、いつも素直に勝頼と共に出陣した。勝頼は、そうした高坂昌宜の不思議な従順さが、却って鬱陶しかった。高坂の顔を見ると、反対を称えたい気持が、心のどこかに動いた。自分がいかにも子供扱いにされているようで、いまいましかった。併し、いかなる時も、高坂昌宜は勝頼のもとを離れなかった。

この年の主な出陣は、三月遠州の高天神城に食糧を入れるため軍を動かしたこと、この時は、横須賀附近で家康と対陣したが、高坂昌宜の諫によって決戦を差し控え、軍を甲府に還した。

八月は遠州金谷峯の城に陣を張って、牧野城を窺い、家康の軍を迎えたが、この時も決戦の機を得ないで勝頼は駿河に撤退した。

翌天正五年一月、勝頼は北条氏政の妹を室として迎えた。先妻は信長の養女であったが、信勝を産むと直ぐ他界した。勝頼はその後妻を娶っていなかった。長篠の合戦直後の高坂昌宜の献言がこの時に於て漸く実現したのである。十四歳の少女は、一日中ただ無口に坐っていた。時々立っては雪を頂いた甲州の山々を縁側から眺めた。高坂はその輿入の翌日、

「長篠合戦以来、昨夜は初めて快く寝入りました」

と勝頼に言った。

この年八月、勝頼は兵二万を率いて遠州横須賀に出陣、十月にも二回兵を大井川の辺に出したが、いずれも家康との決戦の機会を得ず、またもや空しく兵を引いた。

十月の末勝頼は軍を古府に帰した。久しぶりの帰還であった。兵馬共に疲れていた。高坂昌宣は、この時、勝頼に上杉謙信と提携することを勧めた。例の高坂流の考え方であった。

「北条氏政とは提携できました。もう一つ私を安心させて戴きたい。それは、一日も早く上杉謙信に使者を立て、その旗下にと仰入れらるべきである。北条氏政は関八州の権門なりとは言え、今川の家より出て、その身は匹夫より起っています。家康、信長、いずれも下賤の出であります。そこへ行くと北越の謙信は当家と同様、氏素姓ははっきりしております。法性院様歿後、当家はすでに諸砦を織田、徳川に奪られています。このままじりじりと敗亡するよりは、謙信と結んで家運を挽回すべきでありましょう。信長も下手から謙信と結んでいる。現在の当家が謙信と結ぶに何の恥辱がありましょう」

信長と謙信の間が現在うまく行っていないので、謙信と結ぶのなら現在が絶好の機会であると、高坂は主張した。そう言うただ一人生き残っている老臣の顔は更にまた老けていた。

併し、勝頼は父の代からの宿敵、上杉謙信に和を申し込むことを潔しとしなかった。高坂昌宜は武田家の安泰ということだけに気を使っていたが、勝頼はその懸引きが嫌だった。まだ自らを恃(たの)むところがあった。

この事があってから間もなく、信長から勝頼へ提携の申入れがあった。使者は山伏六角勝仙院だった。勝頼はまたこれをもしりぞけた。信長は日に日に強大になっていたが、彼と結んで謙信を撃つ気にはなれなかった。

勝頼はこの二回の政治的な動きに処すに当って、顔を蒼白にした。機会は去って行った感じであった。もう再び機会は来ないであろうと思うことに依って、勝頼は已れを持したのであった。

天正六年は武田軍と徳川軍との間に小競合いはあったが、大合戦はなかった。この年五月、高坂昌宜が歿した。信玄と同じ肺肝の疾であった。享年五十二、その死面は七十の老人の皺(しわ)を深く刻み込んでいた。勝頼はこれを手厚く葬った。勝頼は一人になった。

六年三月、勝頼は高天神城下に、九月には駿河に出張り、屢々(しばしば)大井川附近に出没したが、大合戦なくして暮れた。この年謙信が歿した。

天正七年は勝頼にとっては多忙な年であった。上杉謙信の歿後、その家督を廻(めぐ)ってお家騒動が起り、上杉家の養子北条氏康の七男景虎と、謙信の甥の景勝とが、干戈(かんか)を交えるに到った。勝頼は、北条との同盟があるので、軍を出して景勝を破ったが、景勝の降を入れて、東上野の地を取って、姉菊御料人をその室として与えた、ために景勝は勢力を挽回して、景虎を破り、自刃せしめるに到った。三月のことである。

ここに於て、氏政は勝頼に対して恨みを懐き、徳川と和睦して、織田氏の指揮下に入った。織田、徳川、北条の新同盟は結成されたのである。

勝頼はこの新事態の報告を、いつものように顔色を少し蒼白にして聞いた。窮地に一歩深く入った感じであった。いつも斯うした場合そうであるように、故知らぬ精悍な思いが五体に漲(みなぎ)って来た。たとえ滅亡するとも、織田の旗下になるものかといった気持だった。

この年九月、勝頼は北条、徳川連合軍と対決するために、雨中の富士川に兵を出したが、徳川軍が退いたために決戦の機会を逃がした。この年の秋から翌年にかけて、勝頼は憑(つ)かれたように幾度も兵を動かした。

天正八年には、武田方の遠州に於ける唯一の城高天神城も危くなり後詰の催促があった。この時勝頼はふと臆病になった。自分でも不思議に高天神城へ後詰として出張ることに心が怯(ひる)んだ。長篠の敗戦の苦さが胸を走った。

八月から家康は高天神城の攻略に取りかかり、年改まると城は絶体絶命となり、三月孤立無援のうちに落ちた。勝頼はついにこの城を見殺しにしたのである。天正二年、小笠原与八郎が勝頼に降ってより八年目に、再び徳川のものとなったのである。武田方に屈するのを拒否していた当時の城の監将大河内源三郎は、その間石牢に入れられていたが、足萎(な)

えて立てなくなっており、筵にのせられて家康に目見えた。

　この高天神城の陥落に依って、武田氏の威信は全く地に落ち、漸く人心は勝頼を離れた。そして織田、徳川連合軍の甲州への進攻の噂が伝えられ始めた。

　この年天正九年七月、勝頼は穴山梅雪の意見を容れて、信玄以来の古府の居館を棄て、古府より西北四里の要害の地韮崎に新しい城を築くことにした。

　信玄の代より甲州四郡一円の地には城砦はなかった。古府の居館と、それから一里程のところの要害山という丘陵に山城一つあるのみであった。守るということはなく、合戦と言えば出でて敵を討つことであった信玄の代の実力は、現在の武田家にはなかった。初めて、敵の攻撃を迎えるための城砦が、勝頼のために必要になったのである。新城の造築には、真田安房守、曽根内匠助両人が当り、普請は昼夜兼行で始められた。

　それと同時に、新城の成るまで、敵の進攻を遅らせるために、勝頼は、近臣との協議の上、信長の五男御坊丸を信長の許に帰した。曽ての高坂昌宜の献言がこの時になって実現されることになったのである。この御坊丸は信玄が元亀三年に信長から徴した人質であって、十年の間に、武田と織田の勢力は当時と全く逆な立場になっていた。

　高天神城を廻る合戦の時、ふと勝頼を襲った恐怖心は、その後も彼の心を去らなかった。勝頼は御坊丸返還に対する信長の返酬がしきりに待たれた。併し信長からの書信は甚だ疎略だった。

――内々迎いを遣すべしと思し召す所に、其方より差上げらるる様、能き分別なりそれだけ認められてあって、日付より少し下げて「武田四郎殿」と記されてあった。

勝頼は、その書面の中にはっきりと信長の偽らぬ貌を見た思いがした。自分を襲い来る運命は毫もその速度をゆるめもしなければ、そのきびしさを減じもしないと思った。

勝頼は顔を蒼白にして立ち上がると、小姓を呼んで槍を持って来させ、それを大きく揮った。ここ一、二年彼の心に迷い込んでいた臆病風は、ふっと消えたように無くなった。それと同時に父信玄の名声への挑みが、曽ての勝頼のように、五体にひしひしと盛り上がって来るのを感じた。

勝頼の頰を涙が流れた。高天神城を見殺しにした悔いが、最早取返しのつかぬこととして、絶望的に彼を襲って来た。その夜、勝頼は信玄以来の古府の居館を焼く心を決めた。父から譲られた館を敵手に委ねる憂いをなくし、今造築中の新府の城で華々しく、織田、徳川両軍を迎え討ち、最後の雌雄を決しようと思ったのである。

新府の城への引越しはその年十二月二十四日に行なわれた。その日、古府の居館は火をかけられて灰燼に帰した。

勝頼は、居館の裏手の要害山へ向かう緩やかな傾斜を十町許り登って行き、古府の城下を一望のもとに収めながら、紅蓮の炎が昨日まで住み慣れた己が邸宅を包むのを眺めた。

火は、初め、居館の東南に隣接している高坂昌宜、穴山梅雪の二つの邸が隣り合っている一画より上がり、忽ちにして火の手は二手に分れ、一方は本丸へ燃え移り、他方は城屋町通、柳通、増山町通の諸将の屋敷をいっきに嘗めつくして行った。以前山県昌景の住んでいた屋敷も、馬場信春のそれも、見る見るうちに火炎に包まれてしまった。

勝頼は本丸の棟が地響きを立てて崩れ落ちるのを見届けてから、馬を走らせて、既に出発している新城への行列のあとを追った。行列は古府から一里程隔った山沿いの道を進んでいた。つい今しがた古府の居館を焼く炎を見た勝頼の眼には、それはこの世のものとは思われぬきらびやかな行列に見えた。特に勝頼の室を乗せた金銀、珠玉を鏤めた輿車が眼を惹いた。その輿車をめぐって、数千の供廻りが、呼びつるさしつる移って行く。時折、天日が曇ると、古府の居館を焼く灰が、人形のような勝頼の若き室を閉じ込めた輿車の上に降った。

新府の城は、鳳凰三山と茅ヶ岳の連山との間に挟まれた広大なる平野のただ中の島のような小丘陵の上にあった。丘陵の周囲は絶壁をなしていて、その丘陵を塩川と釜無川の二つの河川が、ゆるやかに取り巻くようにして流れていた。地蔵の山巓には既に雪があった。

新城はまだ半造りであり、何百人の土地の男女が、塁を築く石を丘陵の台地に上げるために、あちこちに固まり合っていた。勝頼はその翌日から、自ら城の造築を指揮した。工事は昼夜兼行で運ばれていたが、村人の男の多くは兵として郡内の諸城砦に送られており、城の工事に当る大部分は女で、工事は予期通りには捗らなかった。

勝頼は工半ばの城で越年した。天正十年である。暮から正月へかけて降雪が多く、新城の櫓の軒には毎朝のように氷柱が下がった。二月朔日、突如、早馬をもって義弟に当る信州木曽義昌の謀叛が報ぜられた。勝頼にとっては、まさに寝耳に水であった。義昌は、信長の甲斐討入りの嚮導として、質を信長へ与え、進発の準備を進めているということであった。

勝頼は、預かっていた質、義昌の母と嫡子と女子の三人を斬り、翌二日、兵一万五千を率いて、新府を進発、諏訪の上ノ原に陣を布いた。諸砦より上ノ原に到着する報告は、織田軍の甲斐打入りの近いことを報ずるもの許りであった。

そのうちに、織田信忠兵五万を率いて、既に岐阜を進発したという報告があった。勝頼は、信州深志城（松本）、伊那高遠城、大島城、飯田城、その他の諸城に兵力を増し、その守備を堅くした。併し、間もなく勝頼に到着した戦況は、第一戦の防禦陣たる伊那口の崩壊である。敵に内通するものもあって、部将下条伊豆守は遁走、ために織田の第一陣は闘わずして伊那口に入りつつあると言う。次に伝わって来た戦況は、松尾城主小笠原信嶺の降伏である。小笠原は信玄の妹婿で、勝頼にとっては腹心の臣と言うべき人物であった。続いて保科弾正の飯田城放棄、日向玄徳斎の大島城放棄、前線からの報告は意外の事ばかりであった。

十六日、勝頼は鳥居峠で、木曽義昌の軍と闘った。この日、遠州にあった唯一の武田の属城である小山城も、守将城を放棄して敵手に入った。これに続いて、駿府の守将武田信友も亦城を棄て、用宗城、久能城共に陥り、三城共に家康の手に帰した。

二月末には江尻城にあった武田の一族穴山梅雪も亦敵に降った。穴山はかねて叛心を懐いていて、開城に先き立ち、甲斐に質としてあった妻子を盗み出していた。これに前後して、駿河の諸城尽く降った。

勝頼は二十八日穴山梅雪の叛を知るや、大勢如何とも為し難いのを知って、諏訪上ノ原の陣を払って、新府城に入った。

勝頼は新府に入るに先立って、宮地村の武田八幡宮に詣でた。社殿には、一通の願文が供えられてあった。それには、

南無きみようちようらい八幡大菩薩（だいぼさつ）、この国の本主として竹たの太郎と号せしよりこの方代々護り給ふ。ここに不慮の逆臣出で来つて国々を悩ます。よつて勝頼、運を天道にまかせ、命をかろんじて敵陣にむかふ。しかりといへども士卒利を得ざる間、その心まちまちたり。なんぞ木曽義昌、そくばくの神慮を空しくし、あはれ身の父母を棄てて奇兵をおこす。これ自ら母を害するなり。なかんづく勝頼累代重恩のともがら、逆臣と心ひとつにして、たちまちくつがへさんとする。万民の悩乱、仏法のさまたげならずや、

そもそも勝頼いかであくしんなからんや。思ひの炎天に上がり、瞋恚なほふかからん。われここにして相共に悲しむ。涙また闌干たり。……

勝頼は、途中まで読んで、押し戴いて、それをもとに戻した。丈余の長文の祈願文の最後には「天正十ねん二月十九日、みなもと勝頼うち」とあった。終日居館の奥深いところに垂れ込めている人形のように無表情な一人の女の顔が、その時何日かぶりで、勝頼の眼に浮かんだ。

勝頼は、半造りではあるが、新府の城で最後の一戦を試みようと思った。ところが三月三日の朝、最後の頼みとしていた高遠城の落城が伝えられた。三月二日に高遠城は、信忠の五万の大軍に包囲され、守将の仁科五郎盛信以下、城中の婦女小童に至るまで、よく防ぎ闘い、全員華々しく討死したのであった。

高遠の城が落ちれば最早これまでと、勝頼は、時を移さず、その日、去年十二月末に行列の装い美々しく移った許りの新府の城に火を放って、ここを退去することにした。主従は男女併せて僅か二百人を数えるだけであった。

城を立ち退く時、勝頼は、武田家の宝器である諏訪法性の旗と楯なしの鎧を、供の一人に持たせた。その時、勝頼の室は、勝頼に、

「これはどうなさいます」

と、他の一揃いの武具を示した。

初めて二十四歳の勝頼が、一方の将として合戦に臨んだ滝山の城攻めの時着た武具であった。鹿の角の前立て打った甲（かぶと）、緋縅（ひおどし）の鎧、鳥毛を以て五色に織った羽織、武田菱を細かく一面に散らした鞍。

「持って行く必要はあるまい」

勝頼はそれを新府の城と共に焼くことを命じた。若く華やかだった頃の自分の武者振りが、ほんの一瞬だったが、勝頼の脳裡（のうり）をかすめて消えた。

勝頼は小山田信茂の勧めで、彼の居城である岩殿が要害の地であることを知って、そこへ退くことにした。漸く火の手が高く上がろうとしている城を出た時、勝頼はまだこの時再起を諦めてはいなかった。家康との決戦を試みたいと思った。ここ十年の間、家康との決戦許りを夢に描いて、席のあたたまる暇もない程、戦野を駆け廻って来たが、ついにその機会に恵まれなかったことを思った。城を出る時眼にした緋縅の鎧が、勝頼にそのような思いを、このような時にも懐かせたのかも知れなかった。今までに家康と雌雄を決する機会があったとすれば、それは高天神城の攻防戦の時であった。高天神城の後詰に出ず、城を見殺しにしてしまった自分が、今にして思えば訝（いぶか）しくもあり、無念でもあった。

女たちにも輿はなかった。勝頼の室も慣れぬ山道を、一歩一歩拾って行った。その夜は、多かった。

柏尾の、武田家と血縁関係にある理慶尼の庵室に泊った。勝頼、信勝、勝頼の室、小山田信茂、その母が家の中に入り、他の者は戸外に眠った。その夜から翌朝にかけて逃亡者が多かった。

翌日、勝頼は柏尾を出発、駒飼に移った。駒飼で七日間を過した。小山田信茂は、勝頼を迎える準備のために母を伴って先発したが、彼は再びそこに姿を見せなかった。駒飼の滞在中に逃亡する者は尽く逃亡した。

勝頼は駒飼を出発して、岩殿へ向かおうとしたが、意外にも笹子には関が設けられてあり、鉄砲を打ちかけられ、この時、初めて、勝頼は小山田信茂に騙(だま)されたことを知った。

勝頼は天目山に入ろうとした。勝頼が最後に選んだ拠点であった。併し、村人は一団となって、山上から鉄砲を放って、勝頼の入るのを拒んだ。勝頼は天目山で再起の機会を摑むつもりだったが、それも許されなかった。

この時勝頼につき従う者は四十四人になっていた。田野と言う山中の部落に入った。その平屋敷に名ばかりの柵を造って休憩した。三月十一日の午下がりであった。織田方の滝川一益の部隊が山中を捜索していた。その気配を知って、勝頼はこの時初めて、自刃を決意した。

敵に発見されぬ間にと、あわただしく最後の酒宴が開かれた。勝頼の室が盃を取り上げた。その手の白さが勝頼の眼にしみた。盃は勝頼から、勝頼の室へ、更に信勝に廻された。

信勝はその盃を、最後までつき従った土屋惣蔵とその二人の弟に与えた。

敵が間近かに迫った気配を察して、勝頼は己が室の介錯（かいしゃく）を土屋に頼んだ。勝頼の室は法華経五ノ巻を誦し、誦し終ると小刀を口に含み前に倒れた。土屋が刀を降ろしかねている間に、勝頼が自ら介錯した。勝頼の室は十九歳であった。土屋三兄弟は、次々に女房たちの介錯をした。

間もなく、山下から攻め上がって来る敵方の声が聞えて来た。勝頼、信勝、土屋三兄弟を初めとして、三十数人の武田勢は最後の合戦をし、敵の最初の攻撃を撃退、次の攻撃を仕掛けられるまでの僅かな時間をぬすんで、勝頼は、

「土屋、敷皮を！」

と言った。土屋は言われるままに敷皮を直した。勝頼はその上に坐った。その背後に土屋は立った。勝頼は三十七歳であった。信勝の介錯は弟の土屋が承った。信勝は十六歳であった。

「北条氏政の御妹御であらせられたのに！」

勝頼の室の死体の傍で、そんな声が聞えた。勝頼の室は、自ら助かろうと思えば助かる方法はあったかも知れない。そうした思いはそこにいる誰の胸にもあった。

「信勝さまも！」

また別の声が聞えた。信勝の母が信長の養女であることを思えば、信勝もまた助かる方

途はあったかも知れない。

二度目の寄手の叫びが前に倍して大きく聞えて来た時、土屋兄弟は差し違え、他の武士たちも尽く自刃し果てていた。

信松尼記

信長から信玄のところへ、己が養女を信玄の四男勝頼に配したいと申し込んで来たのは、永禄八年九月のことであった。

この年五月、京では、将軍義輝(よしてる)が三好義継(みよしよしつぐ)、松永久秀(まつながひさひで)等のために弑(しい)せられ、中原に主なき混乱状態を現出して居り、これが信玄の西上の意欲を少なからず刺激している時だったので、信玄は一も二もなくこの信長の申し出を承諾した。

信玄にとって、信長は最も強力なる競争相手であったが、両者の間には、信長の方から先に両家の婚姻を申し込んで来るだけの、実力の差はあった。信玄は、西上するためには、その道を押えている信長と、遅かれ早かれ一度は同盟を結ぶか、あるいは闘ってこれを破るか、二つに一つの道を取らなければならなかった。信玄は、たまたま信長から手を差しのべられて来たので、その手を握ったのである。

そしてその年十二月十三日、十七歳の信長の養女は、二十歳の勝頼のところへ嫁いで来た。美濃苗木の城主遠山勘太郎の女で、信長にとっては姪にあたった。

輿入れの日からその翌日にかけて甲斐の国一帯に降雪があった。居館の広間から見渡せる広庭は一面に雪に覆われ、下枝を完全に失っている松樹だけが、茶褐色の幹を何本も雪の面から斜めに突き出していた。

その時その広間には、信玄と、彼の直接の血をひいた者たちが集まっていた。何も子供たちだけをそこに集め、他の者を人払いしたわけではなかったが、はからずも、肉親の者だけが一堂に会した恰好になったのである。

信玄の末から二番目の女である松姫は、この日のことを後年時折思い出すことがあった。松姫はこの時五歳であったので、はっきりとその場の様子を記憶している筈はなかったが、漠然と、多勢の兄妹たちが父の信玄の左右に居並んでいる情景が眼に浮かんで来た。法体となっている信玄は末子の菊姫を抱いている。禿の髪風をし、白綸子の小袖を着て人形と異ならない。その菊姫が膝から降ろされ、替わって自分が抱かれるのを同じような恰好をした松姫はその横できちんと坐って待っている。信玄は他の兄姉より年齢がとび離れて幼いためか、その頃から松姫と菊姫の二人を、他の子供たちとは異なったいかにも愛撫するといったそんな可愛がり方で可愛がり出していたようである。信玄の膝の上に載せられた記憶を持っているのは、恐らく九人の兄妹たちの中で松姫と菊姫の二人だけであろう。

干戈怱忙の中に生涯の大部分を過ごし、漸くその勢威は四隣を圧して西上の機を覘うまでの地位を築きあげていたが、信玄は既に四十六歳になっていた。膝はゆったりと大きく、頬には短い堅い髯が白く光っている。幼い二人の女は交互にその大きい膝の上に置かれては頬を擦(す)りつけられていた。

「姫、痛いかな」

と信玄が訊くと、その度に片言しか喋れない三歳の菊姫は痛いと言い、松姫の方はいつも痛くないと答えた。二人の性格はまるで正反対だったが、そのどちらをも信玄は可愛がった。

信玄の右横には、松姫、菊姫と同腹で、二人の兄である十二歳の盛信(もりのぶ)が坐り、やはり同腹の姉である木曽義昌(よしまさ)の室と穴山梅雪(ばいせつ)の室がその下に並んでいた。盛信は無口な、どちらかと言えば鈍重な目立たぬ少年であったが、二人の姉は気性も顔立ちも派手であった。木曽義昌の室は十九歳、穴山梅雪の室は十八歳で、互いに艶(えん)を競うといった恰好だが、申し合わせたように二人とも懐妊している。この五人の兄妹の母は、信州の油川刑部守(ぎょうぶのかみ)の女である。

信玄の左側には、正室三条氏の腹である嫡子義信(よしのぶ)と二男竜宝が坐っていた。義信は二十八歳、竜宝は二十五歳である。この兄弟は二人とも信玄似でずんぐりした体軀を持っているが、義信の方は神経質で、その言動には兎角総領の気儘さが目立ち、竜宝の方は生れつきの失明薙髪(ちはつ)で、半僧半俗の生活をしているせいもあって、信玄の子とは思えぬ一見おどおどしているとさえ見えるくらいの控え目な静かなものを、その表情にも態度にもつけていた。

松姫は、なんとなく二男の竜宝が好きだった。義信の方は正室の腹で嫡子であるという誇りがあって、松姫などに対する態度にもある冷たい意地悪さがあったが、竜宝の方はまるで違っていた。失明しているせいもあったが、いつでも前屈みの姿勢で、両手を膝の上に置いて頭を垂れており、松姫や菊姫が近づいてゆくと、おお、おお——と言ったような意味不分明な言葉を低く口から出し、静かにその手を探るように前に差し出して、妾腹の幼児たちに預けた。松姫たちは彼を老人と思い込んでいた。松姫は彼に近寄って行き、彼の手を自分の掌の中に挟むことが好きだった。彼の荒いことを何一つしたことのない手は不気味なほど柔軟だった。

正室三条氏には、この義信、竜宝の二人の男児のほかに、その上に北条氏政(うじまさ)の室となった女が一人あったが、二年前の永禄六年に二十七歳の若さで亡くなっていた。

そして義信、竜宝から少し隔たった末座に、二十歳の勝頼は彼だけがちょっと除(の)け者といった感じで一人坐っていた。こんどの祝言の花聟(はなむこ)で、これだけの兄妹たちがこの居館の広間に集まっているのも他ならぬ彼のためではあったが、勝頼はいつもそうであるように、自分の坐るべき場所に坐っていた。勝頼の母は側室諏訪(すわ)氏である。信玄に討たれた諏訪頼(より)重(しげ)の女で、その器量を望まれて、父の仇敵である信玄の側室となり勝頼を産んだのである。

正室三条氏も側室油川氏も健在であったが、この諏訪氏は十年前勝頼が十歳の時早世していた。

勝頼はその整った、併しどこかに暗さを持った顔立ちと精悍な気性とを母から受け継いでいた。母諏訪氏が生れながらに持っていたものか、その特殊な立場から後天的に持ったものか判らなかったが、兎に角そうしたものを、勝頼は母から貰っていた。そしてその母を早く喪ったことが、更に勝頼の性質にもう一つ孤独なものを附加していた。

彼は同じ信玄の子と呼ぶには、義信、竜宝ともあまりに違っていたし、油川氏の腹である五人の兄妹ともまた違っていた。勝頼は自分の婚礼だからといって平生と異なった態度を少しも取らなかった。いつものように、義信、竜宝とは少し離れた末座に自分の席を持っていた。謙譲といえば謙譲と言える態度であったが、彼の場合はいつもそれが不思議に傲岸に見えた。

松姫は勝頼に依って、義信から受ける程の冷たい視線を浴びせられなかったが、その替り全然構って貰えなかった。この異腹の兄から言葉一つかけられたことはなかった。

これだけの八人の男女がそれぞれ信玄の血を己が体内に頒ち持って、自然に三つの塊となって坐っていたが、五歳の松姫は、勿論そこで何人に依っていかなることが語られたか全く覚えていない。雪の日の静かな居館の一室で、父信玄以外は誰も彼も一言も喋らず坐っていたような気がする。三組の異腹の子供たちが、ともかくその一室に会しているということだけで、後年の松姫には、その情景が十分に印象的に思い出されて来るのであった。

その席へ、少し遅れてもう一人の兄がはいって来た。十五歳の北条氏秀である。この少年だけは信玄の血を持っていなかった。二年前から武田家の養子として義信と共に同じこの館に住んでいる。北条氏政の弟である。

信玄はさきに北条氏との同盟を強固にしておくために三条氏の腹である長女を氏政の室として送ったが、彼女に他界されたため、新たに氏政の弟氏秀を自分の養子として迎えたのである。信玄は北条からの預り者を、年齢には拘泥せず、妾腹の子の勝頼の上に置いて、三男とした。ために彼は通常武田三郎殿と呼ばれていた。

松姫にはこの日の広間で、この氏秀の印象が一番鮮かである。深く澄んだ瞳と高く整った鼻梁と引き締まった口許と、白い肌を持っている。唇も紅をさしたような赤味を帯びていたが、それでいて女性的ではなかった。ろうろうと輝きわたるような美貌と、関東の名家北条の気品とを併せ持ったこの少年は、三組の子供たちによって囲まれている空席に、少年とは思われぬ落ち着いた態度でぴたりと坐ると、何か二言三言信玄に口をきき、それからその時信玄の膝の上に居た松姫の方に手を出すと、彼女をすうっと、少しも力というものを感じさせぬ抱き取り方で抱きとった。

そして、そのまま縁側へ出た。長い廊下をぐるりとひと廻りして、もとの部屋へ戻ると、松姫を再び信玄の横に置いた。

松姫は氏秀に抱き取られ、再び信玄の横に置かれるまで、息をしないで死んだようになっていた。彼女は信玄の横に置かれてからも、信玄の膝には手をかけず、坐らされたままの姿勢で、ここでもまた息を詰めて、少し放心したような面持で小さい体を置物のように硬くして坐っていた。

幼い松姫の心に、彼女の一生に大きい関係を持った武田三郎氏秀の印象が刃物ででも刻まれたように捺されたのはこの時であった。

氏秀は勿論武田家の一員ではあったが、彼の役割は態（てい）のいい人質であった。併し、氏秀にはそうした立場の持つ暗さはなかった。寧ろどこかに傍若無人に振舞う天性の明るさがあった。

この時も、氏秀は一番あとからやって来て、一番先に引き退って行った。氏秀が来るまでは気づかなかったが、いったん彼が現われ、そして再び姿を消すと、部屋内は急に、陽が蔭ったように冷んやりした空気に占められた。松姫にもそれが感じられた。

そしてその空気から逃れでもするかのように、信玄はふいに座を立った。松姫も、菊姫もいままで可愛がられていたのに、いきなりその場に置き棄てられたような烈しい淋しさを感じた。

信玄が立ち上がって部屋から出て行くと、間もなく一番彼から遠くにいた勝頼が立ち上がった。そして彼は信玄のあとを追うように、同じ襖から隣室へと消えた。いつも信玄が去る時はこうであった。勝頼が彼の供をする慣わしだった。信玄は九人の兄妹の中で、早世した母の面差しと、その怜悧さと、そして多少憂鬱な性格とをそのまま受け継いでいる勝頼を一番深く愛していたのである。

菊姫は、突然烈しく火がついたように泣き出した。

「怖や、怖や、怖や」

何を訊かれても、菊姫は怖やの一点張りだった。

他の兄妹たちは菊姫の癇症がまた始まったと思っている風だったが、松姫には、妹の泣く理由が何となく理解できる気持だった。一度信玄が座を立つと、一座の空気はざわざわと目立って波立って来る。一番我儘な義信の眼が真先に病的な光を帯び始めて来る。その前を傲然と父のあとを追う勝頼が通り過ぎて行く。すると、まるで八つ当りのように木曽からはるばるやって来た義昌の室が、突拍子もない華やかな笑い声を立て、やがてぷつりとそれをとめる。そのあとの小針でも撒き散らしたような棘々した部屋の空気が、一番幼い菊姫の魂にまっさきに突き刺さって来たのに違いなかった。

松姫は自分もまた妹に負けずに泣き出したかったが、彼女の方は泣かなかった。氏秀に置かれたところに、置かれたままの姿勢で坐りながら、松姫は、ふと、お聖道様（盲人の竜宝は皆から斯う呼ばれていた）の、彼だけが別世界の人のようなその静かな穏やかな顔に眼を当てると、それが何か不思議に思われて、見守り続けているうちに次第に泣く気持を失って行ったのであった。

永禄十年、この年は、七歳の松姫にとって、生涯忘れることのできない事件が次から次へと起った。

まず第一に、勝頼の室の急逝である。この年一月の中旬に、彼女は男児を産み、竹王丸（後の信勝（のぶかつ））と名附けたが、産後の肥立ちが悪く、ついに十九歳を一期（いちご）として他界した。松姫はこの女性が勝頼の室として甲斐で過ごした二年の間にほんの数える程しか顔を合わせていなかったので、彼女の死から何の悲しみをも受けなかった。葬儀の日は、その輿入れの日がそうであったように、雪が甲斐の山野を埋めていた。松姫は居館の東北隅の櫓（やぐら）の上から、この国でも前例のなかったような豪華な葬列が裏手のゆるやかな丘陵をのろのろと登って行くのを眺めた。葬列は雪に難渋するのか、長い時間かかってほんの僅かしか進まなかった。

次に起った事件は長兄義信の幽死である。義信が父信玄を亡き者にしようとする陰謀が露見して幽閉されたのは、前年の春である。

義信は自分が嫡子でありながら、妾腹の子の勝頼のみを偏愛する父信玄の態度を快しとせず、自分が信玄に替わって甲斐を支配せんとする野望を抱いたが、たまたまそれが明るみに出て幽囚の身となったのであった。併し、果してそうした事実があったか否かは、信玄の肉親の者も判断できなかった。そして二年近い幽囚生活を送った後に、山巓（さんてん）に城砦を持つ要害山の中腹の二部屋程の小さい館で彼は物故した。

この義信の陰謀事件に対する世人の見方は区々で、武田の重臣老臣たちでさえも決してそれについて語ろうとしなかった。

義信の室は今川義元の女であったが、義信の死後僅か数日にして、彼女は実家である今川へ帰された。そして、それが恰も合図ででもあるかの如く、信玄は兵を駿河に出した。

義元が桶狭間に斃（たお）れて七年、東海の統領今川氏はもはや昔日の今川氏ではなかった。多年、武田、北条、今川は三家同盟を結成して来たが、信玄はついにその一角を破ったのである。信玄が今川攻略に取りかかることを急いだのは、若しそうしなければ織田、徳川がそれを彼に替わって為すからであった。ただ三家同盟の一辺である北条の態度だけは信玄にも気になったが、この方は氏秀を養子としているので、局面をなんとか糊塗（こと）できないものでもないと考えていた。

ところが、信玄の駿河出兵と同時に、予想を裏切って、北条氏政は今川氏を救けるために兵を動かした。ために義信が幽死して半月後には、信玄は北条氏政を敵として対陣しなければならぬ羽目となったのであった。

ここに当然問題となったのは養子氏秀の処置である。信玄は氏秀を実家である北条へ送り返すことにした。今や役に立たなくなった人質をどう処分しようと勝手であったが、さすがに昨日まで自分の子供と呼んでいた野放図に明るい性格の美貌の少年を信玄は斬るに忍びなかったのである。

氏秀が北条へ帰される日、彼は居館のすぐ横手にある側室油川氏の家を訪ねて来た。こんなところは物にこだわらぬ育ちのいい氏秀らしいところだった。広い屋敷うちには桐樹が多く、大きな枯葉が一枚一枚、風に千切れて舞い落ちていた。十一月の初旬であった。氏秀は極く短い時間言葉少なに松姫の母と話して辞去した。その氏秀を、松姫は妹の菊姫と共に縁側に立って送り、母の油川氏と兄の盛信の二人は門口まで送って行った。

氏秀を送って、帰って来た母は、

「今年は嫌なことばかり続きましたが、こんどはおめでたいことがありますよ」

と、肩のところで切り揃えてある松姫の髪を撫でながら言った。

その時、松姫は勿論母の言う意味は判らなかったし、判ろうともしなかった。氏秀が遠く古府(こふ)を去って行く悲しみが、彼女の小さい胸のなかを満たしていたのである。松姫は誰から言われたわけではなかったが、関東の名家から来ている血の繫がっていない美貌な義兄と、将来自分が婚礼の式を挙げることになるという一つの夢を抱いていた。そしてその夢はいつか彼女の心の中では一つの確信に近いものにまでなっていたのであった。

母の言ったおめでたい事というのは、それから一ヵ月程して十二月の初めに発表された。七歳の松姫と信長の嫡子で十一歳の奇妙丸（信忠(のぶただ)）との婚約であった。

織田、武田の両家は、勝頼の室の死に依って、その提携の保証が切れたので、新たに両家を結ぶ強固な靭帯を設定しなければならなかった。これは信長の方からの提案であった。奇妙丸、松姫の婚約が発表されると、松姫は急に忙しくなった。国々から夥しい祝儀の客が詰めかけた。その祝いを受けるために松姫は居館の一部屋に、七日間坐らされた。松姫の坐っている右隣の部屋には、信長からの結入れの進物が、堆く積まれてあった。厚板、薄板、緯白織、紅梅各百端、けかけの帯上中下三百筋。これらは松姫への進物であったが、別に信玄には虎の皮、豹の皮各五枚、緞子百巻、金具の鞍鐙各十口といった贈物があった。

一般の祝い客の進物は左隣の部屋に、これも堆く積まれた。

松姫は毎日のように着飾って、竜宝に附き添われて坐っていた。初めの三日間は、夢心地で、急に自分が華やかな舞台の真中に引き出されたことが珍しかったが、四日目からは倦きて、竜宝に噺をせがみ、噺を聞きながら、次々に伺候する祝い客の方へ機械的に頭を下げていた。

松姫の介添役に竜宝が選ばれたのは、彼が正室の腹であり、兄妹中、義信なきあとの最年長者であるからでもあったが、何より盲人の彼がこうした役には最適任者であったからである。母の油川氏はこの部屋へは終始顔を出さなかった。

木曽からはるばると義昌の室が出て来た日、この時も誰の指図でもなかったが、兄妹は松姫を囲むようにして同座した。義昌の室、梅雪の室、盛信、菊姫と、同腹の兄妹ばかりで、正室の腹の竜宝は居たが、彼は皆から別格に見られて問題にされていなかった。

その時年嵩の木曽義昌の室が、みなに言いきかせるように言った。

「これからは兄妹がこうして揃って会うことは難しくなります。わたしは木曽にいるし、穴山の姫は甲斐にいらっしゃる。盛信はやがて伊那へ行かなければなりませぬ。それに今度のおめでたで、松姫も大きくなれば尾張に行くことになります。あとは菊姫だけ」

義昌の室の言葉のように盛信はさきに信玄が滅ぼした信州伊那郡の名家仁科の跡を継ぐことになっていたので、やがてはそこに移り住まなければならなかった。

この時、松姫は初めて、いつか自分がここを離れて遠い尾張の国へ嫁いで行かなければならぬということを、姉の言葉から知った。こんどの祝儀の意味が初めて具体的実感として松姫の心に滲みて来たのである。松姫は烈しくそれを拒否したい気持に襲われたが、それをどういう言葉で現わしていいか判らなかった。

その時、突然勝頼がはいって来た。彼は、不機嫌な態度で、つかつかと木曽義昌の室の前へ行くと、そこに坐った。

「菊姫も遠いところへお出でになるかも知れません。まだ越後の方へは武田の血ははいっておりません。誰かが行かねばならぬでしょう」

それははっとするような冷たいものを含んだ不遜な言葉であった。自分がやがて父信玄の後継者になるという自信と、自分はしようと思えば何でもできるのだという傲慢さが、もう誰への遠慮もなく露に勝頼の面には出ていた。

木曽の室がまず席を立ち、次に姉に倣って穴山の室が立った。二人のうちいずれかが命じたのであろう、やがて侍女が、はいって来て菊姫を抱いて去って行った。

少し蒼白んだ顔をして、勝頼が立ち上がると、それを取りなすために「兄上」と声をかけて、そのあとから盛信もまた座を立った。盛信だけが竜宝の方へ鄭重に頭を下げて部屋を出た。松姫は竜宝と二人だけそこに残された。

「風が吹いている。姫、お判りか？」

竜宝は聞耳を立てた。松姫の耳にも広庭の樹木の梢を過ぎる風の音が聞こえていた。

信玄が野田城攻撃の陣中で病を発し、軍を甲斐に班す途中、信州駒場で病歿したのは、元亀四年四月十二日であった。三年喪を秘めよという遺言に依って、信玄の死は発表されなかった。部隊の武士たちは、先頭を担がれて行く輿の中に何がはいっているか知らなかった。

それでも肉親の者にだけは知らされたらしく、一番遠隔の地にいる木曽義昌の室も、夫と共に、信玄の遺骸が古府にはいる時はもう館に到着していた。

館の庭には、燎火と篝火が焚かれたが、その数は極めて少なく、薄暗い屋敷内にはいった遺骸は、そのまま広庭の一隅で、五人の武将たちの手に依って、ひそやかな読経の中に輿から塗籠（ぬりごめ）の中に移された。

焼香は勝頼、その子信勝、盛信、竜宝の順で、そのあとに四人の女（むすめ）たちが続き、次が親族、最後が十数人の限られた武将たちであった。

正室三条氏は元亀元年に、側室油川氏はその翌年に共に信玄に先立って物故していた。最初の勝頼と、三番目の盛信は戦塵に塗（まみ）れた武具のままだった。勝頼は二十八歳で、既に勇猛な青年武将として名を成して居り、二十歳の盛信も百騎を率いる将として幾つかの戦場を馳駆（ちく）していた。

木曽、穴山の室たちに続いて、松姫と菊姫は二人並んで遺骸の前に立った。松姫は十三歳、菊姫は十一歳であった。二人の信玄に最も愛された女（むすめ）は誰からも父信玄の死については語られなかった。が、勿論二人とも、いま何が行なわれているかは知っていた。松姫も菊姫も自分で自分に声をたてることを禁じていた。

広間で夜半まで通夜が行なわれた。その席に居た松姫と菊姫は、勝頼に呼ばれて、暗い長い廊下を渡って彼の居間に行った。室内には、武装したままの勝頼と盛信と僧服の竜宝の三人が坐って居り、いつ来たのか二人の姉たちも姿を見せていた。勝頼は憔悴の目立った顔で、初めて一同に父の死の模様を詳しく発表し、喪を固く秘めよという遺言をも伝えた。

勝頼が、明日は旗をば瀬田に立てよと山県昌景に言った言葉が既に意識の明晰さを失った信玄の口から出た最後の言葉であると語った時、女たちの口からはいっせいに嗚咽が洩れた。

勝頼は平生の傍若無人さに似ず、今後武田家を守り育てて行くためには自分は非力であるが、一命を擲ってやってみる覚悟でいる。よろしく足りないところを補って協力していただきたい、と静かに言った。それに対して一座の者は、一人一人短い言葉で協力を誓った。

松姫は初めて勝頼という異腹の兄に、この時親しみと愛情を感じた。松姫ばかりでなく、二人の姉も、妹の菊姫も同様であったようである。

勝頼と盛信の二人は、まだ用事が山積しているらしく直ぐ座を外したが、四人の姉妹は、竜宝を囲んで夜が明けるまでそこで語り合った。

「これからの武田家には氏秀のようなお方が一人欲しい。合戦にかけては誰にも敗けをとらぬ剛い者が多いが、それにつけても氏秀のようなお方が欲しい」

暁方の光がそろそろ部屋に射し込んで来る頃、竜宝は何かの話の途中にそう言った。竜宝は氏秀のいかなるところを認めてそう言ったのか判らなかったが、松姫は、久しぶりで氏秀の名を耳にして動悸の烈しくなるのを覚えた。

武田と北条とが再び旧交を回復するようになれば、信玄はまた氏秀を養子として迎えるかも知れない。松姫は自分一人でそんな期待を胸に抱いたことがあった。併し、信玄が亡くなってしまった今、その期待が全く泡沫の如く消え去ったことを、今更のように感じないわけには行かなかった。勝頼はその気性からしても、自分より年長の、合戦には余り強くないが、何ものをも怖れることを知らない名門美貌の青年を、自分の家族の一員として、迎える筈はなかった。松姫は父の死の悲しみとは別に、父の死に依って烈しく打ちのめされた気持だった。

織田奇妙丸とは婚約しているが、一度も会ったことはなかった。もともと政略的な婚約であったし、それにここ二、三年来、徳川との交戦に依って、織田とは頗る微妙な関係に立っている。いつ直接に干戈（かんか）を交えても少しも不思議はなさそうな情勢である。

それでいて婚約の破棄は武田、織田の、そのいずれからも提案されることはなかった。武田家の勢力が織田家を凌いでいる間は、松姫は尾張に輿入れする必要はなかった。併し、武田が不利な立場になった時は、松姫を載せた輿は伊那の渓谷を天竜川に沿って降って行く筈である。

十三歳の松姫は、いつとはなしに、そうした自分という女の役割を漠然として知っていた。そうした拘束の中にあって、幼時に持った氏秀への思慕は、他の者の場合のようにある時期になると跡形もなく消えてしまうといったようなことはなく、いつまでもその小さい痕跡を留めていた。そしてそれは次第に極く微かながら、より硬質なものへと育ちつつあったのである。

その年は、喪中他国へ仕掛けることを慎しめという故人の遺志が守られて、珍しく合戦騒ぎのないままに過ぎて行った。夏の終りから秋へかけて甲斐の各地の農村には盆踊りが流行した。そしてその何十人もの男女が輪形になって踊る舞踊で、「武田三郎殿と一夜ちぎりては梨子地の鞍召すと泣きし御ざあるべい、辛労でありともすべい」といった俚謡が盛んに唄われた。美貌な貴公子氏秀への、農村の女たちの憧憬が唄になったものであって、関東で流行し、それが甲斐へ伝わって来たものであった。

菊姫はどこからかそれを聞いて来て、松姫に伝えた。歌詞の意味はよくは解らなかったが、氏秀のことが唄われているということで、松姫は平静な心でそれを聞くことはできなかった。

そんなことがあってから、一、二ヵ月して、その氏秀が越後の上杉家へ養子に行ったことが、その方は兄の盛信の口から伝えられた。

それを耳にした日、松姫はその怖ろしいことを妙に口走りたい心理に駆られ、そしてまたその事の真偽を確かめたい気持もあって、その頃城下の端れの通常聖道小路と呼ばれていた小路の奥にあった竜宝の屋敷を訪ねて行った。

「そういうことは、わたくしも半月程前に聞きました。恐らく本当のことでしょうな」

竜宝は、目下の者の言葉遣いで、珍しくその日落着きというものを失っている異腹の妹に言った。彼はいつか正室の腹から出た唯一人の男子である立場を放棄して、何事につけてもへりくだって身を処していた。そうする事が武田家のために必要なことだと信じている風であった。

「お聖道さま、本当にそんなことがあるものでしょうか」

松姫は二回同じ言葉を繰返したが、その時、竜宝は、見えない眼を松姫の顔へ注いだ。松姫は顔を見られているようで怖ろしかった。すると竜宝はこんどは顔を横に向けて、心なし耳を松姫の方へ近づけて来た。こんどは松姫は自分の心の内部の騒がしさを、竜宝に依って聴きとられているようで怖かった。

あまり広くない庭は灌木で埋まり、その繁みの間に、石の五輪の塔が幾つも置かれてあった。庭全体は薄暗かったが、弱い晩秋の陽が石の塔にも木々の繁みにも静かに散っていた。

信玄の歿後、はっきりと敵対関係にはいった武田、徳川の二つの勢力が雌雄を決すべく大々的に相搏(あいう)ったのは天正三年四月の長篠(ながしの)の合戦であった。勝頼はここで一敗地に塗(まみ)れ、信玄以来の老臣宿将の大部分を喪(うしな)ったが、彼は怯(ひる)まずその年の九月には早くも軍を動かして遠江(とおとうみ)に布陣していた。そのあとは憑(つ)かれたような合戦合戦の明け暮れであった。頽勢(たいせい)を合戦の連続で支えて行こうとしているようなところがあった。

自らを恃(たの)むところ厚い精悍な若い甲斐の武将は、織田、徳川の連合軍との一城一砦の取合いに惜し気もなく二十代の後半から三十代へかけての歳月を費消して行った。

天正五年一月、勝頼は、北条と盟友関係を復活させるために、氏政の妹である十四歳の少女を室として迎えた。信長の養女であった室を失ってから、この好戦的な武将には妻をめとる暇がなかったのである。

こうしている間に、松姫と菊姫は何不足なく共に申し合わせたように口数少ない武田の息女として、古府の居館の奥まったところで成長して行った。

父信玄の仮葬の夜以来、兄妹が一堂に会するといった機会は一度もなかったが、久しぶりでそれが実現したのは天正七年であった。

この年松姫は十九歳、菊姫は十七歳になっていた。曽て勝頼の最初の婚姻の時、大勢の兄妹たちが雪の日に居館の一室に集まったことがあった。その時木曽義昌の室と穴山梅雪の室が二輪の花のようにその若さを競っていたが、今や、松姫と菊姫は、その時の二人の姉たちと同じ年配になっていた。

松姫は眩しい程の派手な顔立ちを持ち、妹の菊姫は父親似で不器量であった。併し、性格は松姫の方が地味で、菊姫の方が明るかった。曽ての姉たちと違うところは、二人がいずれもまだ鉄漿(かね)を染めていないことであった。

この年は年初に陸前に大雨洪水があって、死者が夥しかったと伝えられたが、甲斐地方にも小さい天災が短い間に次々に起きていた。山崩れと地震が多く、大風が各地の民家を壊した。居館の裏手の土堤の砂は、何事もないのに、いつ行っても誰にも気づかれぬひっそりとしたこぼれ方で落ちていた。松姫はそれを見る度に、何か嫌なことでも起りそうな不安な気持に襲われた。

と、果してその嫌なことが起った。それは越後の上杉家では謙信の歿後百日にして、家督争いが起り、養子の氏秀（当時は景虎と称していた）と、同じく養子の景勝とが互いに兵を出して争っていたが、それに勝頼が干渉し、初めは北条氏との関係で氏秀を助けていたが、どういう理由からか、急に途中から景勝を助け、ついに氏秀を鮫ヶ尾城に攻めて、自刃せしめてしまったことである。三月二十四日のことで氏秀は時に二十九歳であった。この勝頼の行動は北条との関係を考えても、ちょっと理性で判断できぬものであったし、かりそめにも曽て兄弟の関係を持っていた氏秀を討つということは人情からいっても考えられないことであった。

松姫はこれを耳にした時から床に就いた。勝頼には烈しい憎しみを感じた。そして何日か経って、勝頼が越後から帰還した時も、松姫は病床にあるを理由に挨拶に出なかった。松姫は氏秀の死後鬱々として娯しまず、いつも自室に閉じ籠もっているようになった。

妹の菊姫が、人もあろうに氏秀と家督を争い、ついに勝ちを占めた景勝のところへ嫁ぐことを知った時は、松姫は氏秀の死を耳にした時ほど驚かなかった。そのことを報せながら挨拶に来た菊姫を、松姫は姉らしい態度で接し、遠い雪国に嫁ぐ彼女にこまごまとした注意を与えた。

菊姫の越後への入輿はその年の十月の下旬であった。それより一ヵ月前の九月の下旬に祝いの宴が張られた。それに出席するために高遠城主となっている盛信、駿州江尻城に夫と共に行っている梅雪の室、木曽の義昌の室、その三人が相前後して古府へやって来た。それに竜宝と松姫が加わり、久しぶりで兄妹が寄って語り合う機会を持った。勝頼だけは急の出陣で姿を見せなかった。二人の姉は勝頼に烈しい反感を持っていて、ことごとにそれを露骨に口から出した。二人の姉の気持もよく判ったし、松姫は松姫で兄勝頼に憎しみの感情を持っていたが、と言ってやはり愉快な集まりではなかった。とは言え、何年かぶりで兄妹が顔を合わせたのはこの時であった。

輿入れの日菊姫を載せた輿は古府の館の東の門から出た。その時は兄妹では松姫だけが輿を館の前まで送った。あいにく竜宝も病床にあって姿を見せていなかった。一度出発した輿は直ぐ停まった。菊姫は輿から降りると松姫のところへ戻って来て、

「なぜか二度とここへ帰って来られないような気がいたします。姉上とも、もうこれでお目にかかれないような気がいたします」

と言った。菊姫にもそう感じられるようにその時の武田家は悪条件に取り巻かれていた。氏秀を討ったことに依って相模との同盟は破れ、勝頼は逆に新たに結ばれた家康と氏政の

連合軍とも闘わなければならなくなっていた。妹の輿入れのこの日も古府の城下には僅かの兵力しか残留していず、遠く富士川の戦線に居る勝頼からは、この日の朝早馬の賀使が送られて来るという有様であった。松姫は妹の手を執って、自らの手で再び花嫁を輿に乗せた。松姫は菊姫とは少し違った意味で、再び彼女には会わないであろうと思っていた。武田家の家運の行末というものも予想がつかなかったが、松姫は、氏秀の仇敵である景勝の室となる菊姫と、姉妹の交わりは今日限りで断とうと思っていたのである。

松姫は妹の輿を送り出すと、一人で館の庭を歩いた。そして菊姫が出発の時家の衰運を気にして輿から出て来たことを思うといじらしかったが、その気持を追い払うように、松姫は、婚約が決まってからの妹の浮き浮きした姿を眼に浮かべていた。

若し氏秀を養子に迎えていれば北条ともこんなことにならず、自分もあるいは倖せになったかも知れなかった。が、そうすれば菊姫の今日の幸福はなかったわけである。

武田家のためには、果して自分が倖せになることがよかったか、妹が倖せになることがよかったか、そんな妹と自分との宿命的な関係に思いを馳せながら、松姫は庭を歩いた。

菊姫の輿入れの日から一カ月して、松姫は館の裏手の丘陵の中腹に普請中だった家が落成したので、そこに移った。大勢の兄妹の中で、昔のまま館に起居しているのは、勝頼と松姫の二人だけであった。盛信は伊那にあり、梅雪の室は駿河に、義昌の室は木曽に、そして菊姫は越後に嫁いだ。松姫は勝頼と同じ館で顔を合わせるのも嫌であったし、広い館の一隅に語る者もなく一人住むのも惨めな気持だった。

新しい館に移ることは勝頼も反対しなかった。織田とは戦闘を交じえてはいたが、松姫と信忠（奇妙丸）との婚約は、依然としてそのままになっており、勝頼はこの婚約を最後の切札として破らないで置くことの得策であることを知っていた。立場は違ったが信長もまた、必ずしも婚約を破らなければならぬ必要は認めなかったのである。二人の武将にはいついかなる時、それが必要になる時があるかも知れなかった。勝頼はそんなこともあって松姫の言うことは大抵聴き入れていた。

松姫は二人の侍女を従えて新館にはいった夜、これで漸く一人になった、と思った。十月菊姫と姉妹の縁を切ったが、こんどは勝頼と兄妹の関係を断った気持だった。土地が高処にあるせいか、丘陵の斜面を吹き降ろして来る野分は、その晩一晩中新館を廻って吹き荒れた。

その翌日起きてみると、館の広庭の新しい土の上には丘陵の斜面から吹き降ろして来た落葉が一面に散り敷いていた。そしてその日の午後、その落葉を踏んで何人かの侍女に附き添われて勝頼の室が訪ねて来た。松姫は、まだほんの少女にしか見えない十六歳の勝頼の室を迎えるために庭に降りたが、ふと彼女の歩いて来る姿が兄の氏秀に似ているのに気づいた。今まで気づかなかったことだが不思議なほどそれはよく似ていた。

勝頼の室は松姫の新居を見舞うために来たのであるが、松姫はその日初めて一刻近い時間を彼女と過ごした。

松姫はこれまでこの勝頼の室に好感を持っていなかった。小姑としての感情も働いていたし、それになにより氏秀が武田家へやってくるべきであるのを、彼女が替わってやって来たという気持を失くすることはできなかった。氏秀の死の原因も結局のところは彼女にあるような気がした。併し、その日は全く違って、今は亡き氏秀にでも対しているように心に静かな満ち足りたものを感じながら、松姫は自分より年下の兄嫁に対した。

「ここで、これから一人で静かに過ごします」

と、松姫が言うと、勝頼の室は、

「お館をお出になっても、武田家のために、四郎勝頼をお見棄てにならぬようにお願いいたします」

と、しっかりした口調で言った。そして実家の北条と敵になってしまったことに対して、松姫が労(いたわ)りの言葉を述べると、

「実家とはどうなろうとそうした事は何も考えて居りません。ただ武田のお家が心配で堪まりません。枯葉が一つ一つ木から離れるように、何もかもが、一つ一つ四郎勝頼から離れて行くのが心配でございます」

北条からの稚(おさな)い遣人(つかわしびと)の顔は、ただ必死としか形容できないもので美しく緊張していた。何が彼女にこのように真剣に武田の家の行末を思わせているのか、松姫には想像できなか

った。松姫はそうした勝頼の室が好もしくも見え、また哀れにも見えた。

武田の城砦は次々に陥(お)ちて行った。天正八年、九年と、古府の城下には暗い月日が続いた。

この間に松姫について変わったことがあったとすれば、彼女が城下の人々から新館御料人(にいだちごりょうにん)と称(よ)ばれ出したことである。御料人と言われるところから推して考えると、世人は彼女が昔の奇妙丸との婚約を守って今だに貞節に身を持している女性と見做(みな)しているようであった。

天正九年になると、信虎以来甲斐一国に城廓を構えないことを誇りとしてきた武田も、ついに敵を迎え撃つ城廓が必要になった。国の西北部韮崎(にらさき)の地に新府城を築くことになったのはその年の七月である。築城は昼夜兼行で行なわれたが、工半ばにして一族は古府の居館を焼きそこへ引き移ることになった。年の瀬も押し詰まった十二月二十四日であった。

女房たちの乗る何十梃(ちょう)の輿を真中にして、武田家伝来の宝物、家具、武具類を運ぶ行列は一里に及んだ。行粧(こうしょう)は美々しく見る者の眼を奪った。それは燃え尽きんとする燭光の最後のゆらめきに似ていた。

新館御料人も、勝頼の室も、相続く二梃の輿に揺られて古府から新府の城に移った。竜宝だけは一人古府に留まった。

明くれば天正十年、新年の賀筵は半造りの城の天守の下の広間で開かれた。会する者は僅かな肉親と僅かな武将たちであった。一族の者では、竜宝が古府からやって来、盛信が高遠から伺候した。女は松姫と勝頼の室の二人だけであった。駿州江尻に居る穴山梅雪、木曽義昌は、二人とも戦時多忙の理由で不参だった。そしてそれぞれの室である二人の姉たちの姿も見えなかった。

松姫はこの新府の城の年始の祝宴で、兄の盛信に注がれて一杯の盃を乾した。盛信は二十九歳になって居り、高遠の城を預かって、仁科盛信と称し、今や武田家随一の押しも押されもせぬ武将であった。小さい時の目立たぬ地味な鈍重な性格はそのまま今も彼の人柄についていたが、豪胆さに於ても、思慮深い点に於ても、その闘志に於ても、彼の右に出る者はなかった。殊に勝頼に対する忠誠は見事であった。彼は身を犠牲にして、支援者の少ない、異腹の兄を終始一貫救けて来たのであった。

松姫には一座で彼だけが若々しく活き活きとして見えた。彼一人が武田家の行末について悲観していないようであった。

竜宝はこの席では全く別人に見えた。この四十二歳の失明薙髪の兄は、初めて人の前で、きびしい表情で声を大きくしてものを言った。

「武田家のためにいま一人一人が私心を無くして闘わねばならぬ時である。若し武運拙く国破れれば自刃して祖先にお詫びするよりほかないであろう」

竜宝の言葉は、一座の武将たちを思わずはっとさせるような烈しいものを持っていた。

松姫はその席で竜宝に、低い声でささやいた。

「お家はどうなりましょう？」

するとと竜宝は、

「お家のことは男たちが心配します。女の方はいかなることがあっても、与えられた生命を全うして生きなければなりませぬ。いいですかな」

いかにも諭すような言い方だった。一刻前とは違ったいつもの竜宝の優しい口調だった。

そして竜宝はちょっと改まって松姫に盃をさした。松姫はこれがこの兄との別れのような気がして、それを受けた。すると、竜宝は松姫の傍を離れ、勝頼の室の前に行って頭を下げ、

「僭越な言い方ですが、御料人様は世にも美しい優しいお方ですな。武田家に貴女のようなお方が来て下すったのは、――」

そこまで言って、竜宝は口を噤んだ。松姫は横から見ていて、竜宝は泣いていると思った。涙は見せていないが、心では泣いているのであろうと思った。

勝頼は、誰とも口をきかずゆったりと酒盃を上げていた。松姫は、憎しみとやはり今ともなれば愛情と言っていいものの混じった感情で、この武田衰運の責任者である異腹の兄の顔を見詰めていた。打ち続く合戦は三十七歳の彼の肌を異様な赤黒いものに染め、右半

分の歯を彼から奪っていた。

松姫は兄仁科盛信に連れられて高遠の城へ移った。

三月の桃の節句にまでは新府へ帰ることを勝頼の室と約束していたので、そのつもりでいたが、高遠の城へ着いて幾許もせず、二月一日に、木曽義昌が謀叛して織田に通じた報せを受けた。菊姫の輿入れの時会った木曽の姉の見違える程肥ってきた顔が松姫の眼に浮かんで来た。その姉のせいではなかったろうが、木曽の謀叛は唐突な感じはなく、それが極めて当然なことのように思われた。併し、それを追いかけるように、曽ての奇妙丸織田信忠が織田軍の総指揮者として甲斐へ討入ることが伝えられた時は、松姫は顔色を変えて息を飲んだ。

自分が七歳の時婚約した相手が、いま総大将として武田家を滅ぼすために甲斐に乱入して来るとは、なんと因果な運命の廻り合せであろうと思った。

併し、そうした事に思いを遣っている暇はなかった。その信忠軍の来攻は目睫の間に迫っていたのである。高遠城は城を挙げて合戦準備に忙しかった。

松姫は盛信の勧めで、僅かの従者に付き添われて、城を出て新府へ向かった。その途中で、新府城に居た木曽義昌の母と彼の二人の子供が勝頼に依って処刑されたことを知った。

松姫は怖ろしさに身の毛もよだつ思いだった。姉に似た派手な顔を持った十七の女と十三の嫡子であった。

新府へ近づくと部落部落に点々と桃が咲いていた。その部落部落を縫って、早馬は次から次へと松姫の一行を追い越して行った。

新府は大変な混雑であった。勝頼は木曽義昌と対戦中で留守だった。伊那谷の諸城砦の敗報があわただしく毎日のように伝えられた。そうしているうちに、徳川が駿河口から、北条が関東口から来攻するという噂がひろまった。

二月の終りになった。松姫は新府を出て古府の竜宝の許へ一先ず身を寄せようと思った。いかなる日が来るか知らぬが、未知の運命を竜宝の許で受けようと思ったのである。松姫は勝頼の室と一晩語り明かし、その翌日新府の城を後にした。いつか勝頼の室が言ったように、あらゆるものが、今や勝頼のもとから、恰も枯葉の落ちて行くように一つ一つ離れつつあった。

そしていよいよ古府の城下へはいろうとする前日に、松姫は穴山梅雪の謀叛を土地の人の噂で聞いた。姉の顔をちらっと思い浮かべただけで、松姫はもう何を聞いても驚く心を失くしていた。

古府にはいって聖道小路（しょうどうこうじ）の竜宝の屋敷を訪ねたが、竜宝は居なかった。どこへ行ったか行先は判らなかった。家の内部は塵一つとどめないほどきちんと片付けられていた。松姫は仕方ないので二人の侍女とそこに住んだ。

高遠城の盛信の華々しい戦死と新府の落城は同時に松姫の耳にはいった。そしてその後半月して、こんどは勝頼、信勝、勝頼の室の自刃を知った。竜宝の行方は判らなかったが、間もなく彼もまた畔村の入明寺という寺で自刃して相果てたことを知った。

松姫は竜宝の家を出て、自分の住居であった丘陵の館へ移り住んだ。そこに行ったのは、身分を秘めないで、自分を襲って来る運命に身を任せようと思ったからである。

織田の入国と同時に、武田の浪人狩りは厳しく行なわれたが、どうしたものか、松姫の詮議はなかった。新館御料人に対する織田方の解釈が、松姫を昔の婚約をまもって長く貞節を守り通した女と見たからであったかも知れない。

血腥(ちなまぐさ)い春が過ぎ、夏が来た時、本能寺の変があり、信長と信忠の死の噂が天下を震撼させた。そのことも松姫は顔色を変えずに聞いた。それからもう一つ、穴山梅雪が土民に殺されたという噂が、武田滅亡の一連の悲劇の最後の終止符として彼女の耳にはいったのは、それから暫(しばら)くしてからであった。

松姫はその後武州へ出て曹洞宗(そうとうしゅう)の寺へはいり、剃髪得度(とくど)して信松尼と称した。当時はこの地方の郡代大久保長安は、曽て武田家に仕えていたことがあり、そんな関係で信松尼を八王子へ移して庵(あん)を営ました。世人はこれを信松庵と称(よ)んだ。八王子へ移ってからの信松尼は外出することは極く稀で、近所の人も彼女の姿を見ることは一年のうちで数えるほどしかなかった。併し、彼女が庵に閉じこもって姿というものを全く人に見せることがなくなったのは、天正十八年の小田原の陣で、彼女の義姉の夫であり、彼女の意中の人氏秀および勝頼の室の兄であった北条氏政が、秀吉のために自刃させられてからである。その時攻撃軍の中に妹菊姫の夫である上杉景勝が居たことも、奇しき縁と言えば言うべきで、信松尼のその頃の漸く静かになった心を騒がせ悲しませたかも知れなかった。

信松尼は元和二年四月十六日に五十六歳で物故した。二人の子供を勝頼に殺された木曽義昌の室のその後は不明。未亡人になった穴山梅雪の室は剃髪し、天寿を全うして元和八年に死んだ。上杉景勝夫人の菊姫は、御菊御料人と呼ばれ、慶長九年に物故した。多少の浮沈はあったが、この信玄の末子が、一番平静な生涯を送ったようであった。

信松尼は物故するまで、生き残った三人の姉妹たちの誰にも会わなかった。

森蘭丸

年改まって天正十年になると、蘭丸は、織田がいよいよ全軍を挙げて、甲斐に討入る日の近いことを感じていた。武田勝頼を屠るべき機は既に熟し、あます問題は、ただ信長がいつ甲斐進撃の命令を降すかにあった。徳川家康からの使者は毎日のように安土の城下に到着した。信長はいちいちその使者たちに会った。信長は彼等が携行した書類に眼を通し、大抵の場合、自ら筆を取って、それに対する返事を認めたが、時には、

「大儀であった」

と、短い言葉を与えてすますこともあった。

一月十四日のことである。信長はその日も徳川からの使者二人を引見していた。使は下手に平伏していた。二人とも色が黒く、言葉遣いも物腰も粗野で、ひどく田舎者じみていた。

信長は使者の持参した書類に目を通すと、直ぐ人払いを命じた。何事もあけすけな態度

の好きな信長にしては珍らしいことであった。

「蘭！　その方も暫く退がり居れ」

言われるままに、蘭丸も他の者と一緒にその広間を出た。特に信長が蘭丸に退がれと言ったのは、こうした場合、今まで蘭丸が常に例外とされていたからである。

蘭丸は部屋を退がりながら、ちらっと平伏している二人の使者の方に、涼しくも鋭くも見える切長の眼を向けた。徳川からの使者ということになっているが、木曽からの使者だなと蘭丸は睨んだ。言葉には確かに木曽の訛りがある。武田の陣営にあってその強力な一翼を形成している木曽義昌が、義兄に当る勝頼を裏切って、織田に内通して来ていることは、去年の秋頃から何となく蘭丸にも判っていた。併し、木曽との連絡は必ず惟任光秀か他の重臣を通して行なわれて居り、木曽からの使者が直接信長の前に引き出されるようなことは、これまでにないことだった。

蘭丸が次の控えの間に退がって、坐るか坐らないうちに、直ぐまた、

「蘭！」

と信長の声がかかった。蘭丸は広間へはいって行った。その蘭丸の眼には二人の使者が先刻と同じように、同じ場所で平伏している姿が映った。

「人払いを解いてよろしい」

何が一体いまの極く短い時間に行なわれたというのであろう？　恐らく何かひと言、極

く短い重要な言葉が信長の口から発せられ、二人の使者の耳に届いただけのことであろう。

蘭丸は、自分の体がぶるぶる細かく震えるのを感じた。甲斐討入りは近いに違いない。木曽義昌と呼応し、それは明日にも、明後日にも行なわれるかも知れない。

その日の午後、中国へ遠征している羽柴秀吉からの新年の祝い物が到着し、それが安土に滞留している将士たちにも披露された。信長自身も櫓(やぐら)の上からそれを運ぶ人足たちの列を見た。蘭丸も信長に従って櫓の上に登った。何事につけても人眼を驚かすことの好きな秀吉のやりそうな、仰々しい献上品であった。献上品を載せる台の数だけでも二百以上あり、それを運ぶ人足たちは三百人を超えた。茶器や太刀の他に、銀子千枚、小袖百、鞍置物十疋(ぴき)、なめし二百枚、明石干鯛千個、蛸(たこ)三千連といった有様である。

そうした行列を遠くから見下ろしている信長は上機嫌であった。

「上様」

蘭丸は言った。いつか一度信長の機嫌のいい時切り出したいと思っていたことである。

信長は、蘭丸の方を振り返った。

「お願いがございます」

「何だ」

「合戦が致しとうございます」

「なぜ急にそのようなことを言い出したのだ」

「急に思い立ったことではございません。蘭丸明けて十八歳でございます」

信長は恍(とぼ)けたような表情で、今しも城門へはいろうとしている、長い、併し、玩具(おもちゃ)のように小さく見える隊列を見下ろしていた。

「まだ一度も合戦らしい合戦に臨んでおりませぬ」

信長は返事をしなかった。

「こんどの合戦には、実際に弓矢の中に立ちとうございます。お許し戴けないものでございましょうか」

「よかろう。いずれ秀吉が来た時、頼んでやろう」

信長は言った。秀吉は時折、中国の戦場から信長の御機嫌伺いに帰って来るが、蘭丸にしてみたら、その秀吉などを待っていられるのんきな気持ではない。

「今直ぐにでもお許し戴きとうございます」

「今直ぐ⁉」

信長は冷たく眼を光らすと、

「合戦などは中国にしかないわ」

「伊那か、諏訪(すわ)で、蘭丸生命を上様に捧げとうございます」

ずばりと蘭丸は言った。言って除(の)けた感じだった。伊那か諏訪と言えば、それが甲州討入りを指していることは言うまでもない。

信長はそれに対しては返事をしなかった。顔を上げてみると、蘭丸の言葉が聞えたのか聞えないのか、信長は相変らず眼を城門の方へ落して、静かな顔をしていた。

朝から曇っており、午後になってから気温が落ちていたが、その頃から白いものが晴れた空に舞い出した。

「雪になるかな」

信長は体の向きを変え、そのまま櫓の階段を降り始めた。そして天守の自室へ戻ると、二、三人の者だけを残して、近習の者に各自引き取るように命じた。

「蘭、その方も引き取るがよかろう」

「上様」

少しくどいと思ったが、蘭丸は押せるだけ押してみようと思った。

信長は蘭丸の方を見た。

「お願いでございます。蘭丸を――」

「合戦か⁉」

突然信長の大きな笑い声が響いたが、それがぴたりと停まると、

「気の毒だが、合戦は当分ないわ。それより岐阜へ使いして貰おう。明日でも明後日でもいい、天気が直り次第、岐阜へ行って貰いたい。伊勢神廟の正遷宮に関すること、大切な使いだ。生命をかけてやるがいい」

「は」

信長の命令なので、蘭丸は畏ってそれを受けたが、心中は甚だ不満だった。岐阜へ使いするというのは、信忠への使者に立つことである。生命をかけて遂行するような性質のものではない。蘭丸は漸く本格的に降り出した雪の中を、城を出て、城下の侍屋敷の一隅にある自宅へ帰って行った。

弟の十七歳の力丸は、風邪気味だと言って、床にはいっており、十六歳の坊丸は、一刻程おくれて城内を退けて来た。

「兄上」

坊丸は一通の書状を持って来た。

「上様がこれを兄上に」

蘭丸は居住まいを正すと、弟の手からその書状を受け取った。信長の自筆の書状かと思ったのである。押し戴いて開けてみると、稚拙な文字で、「岐阜土蔵に先年鳥目一万六千貫入れ置き候。縄も腐り候わんに、三位中将信忠より奉行を仰せ付け、縛ぎ直し、正遷宮の御入用次第、御渡しのこと」と認められてあった。それは坊丸が信長の言ったことを書き留めたものであった。岐阜の土蔵に鳥目一万六千貫入れてあるが、その鳥目を通してある縄も腐ったろうから、いつでも大廟の方から使いがあったら渡すことができるように、新しい縄で縛っておかねばならぬ。信忠の名でそれをやる奉行を任命するように――そういう趣旨である。そしてその趣を岐阜へ行って信忠に伝えろというわけである。

蘭丸は庭にこやみなく舞っている雪を見詰めていた。いつか雪の日の明るい夕暮が来ようとしている。

「坊丸、馬の用意をしてくれ。ただ今から直ぐ岐阜へお使いに立つ。馬の手練の者五人を選んで、即刻出発の準備を命じてくれ」

蘭丸はそう言うと立ち上がっていた。信長は岐阜に使いするのは明日でも明後日でも天候が回復してからでいいと言ったが、蘭丸はそうしてはいられない気持だった。甲州討入りは迫っているに違いない。信長の近習の総横目（よこめ）として年齢不相応の地位を得ているが、蘭丸はそんなことで満足していなかった。一日も早く一人前の武士として実戦に臨みたかった。合戦を知らないで出世して行きたくなかった。岐阜への使者の役は今夜にも果してしまい、甲州進撃の時には、信長にもう一度願い出て近習としてではなく、僅かでも手勢を率いて、伊那から諏訪へ、諏訪から甲斐へと討って入りたかった。

「この雪に！　せめて明朝まで待ったら如何ですか」

床の中から力丸の声が聞えた。

「愚か者が！　苟（いや）しくも上様の御命令だ。一刻の猶予も許されぬ。御父上も生きておられたら、そうおっしゃるだろう」

蘭丸は言った。父森越前守可成（よしなり）が近江の宇佐山城で浅井朝倉連合軍に囲まれて討死してから、いつか十二年の歳月が経っていた。十八歳の蘭丸は、父可成からは烈しい気性と打てば響く明敏な才気とを譲られ、母からは女にしたいような美貌を受け継いでいた。

信長の天下平定は今や八分通りその覇業を完成し、対武田との一戦の機会を逃すと、もう信長の旗本が武功を樹てる機会は当分なさそうであった。北陸は柴田勝家が受け持ち、中国の合戦は秀吉が一人でそれを引き受けている。

蘭丸は弟坊丸に手伝って貰って武具を身に着けた。明日にでも甲斐討入りが指令された場合、岐阜からでも、そのまま駈け付けることができるためであった。

「御馬の用意ができました」

父の代からの家臣七十歳の伊集院藤兵衛が頭に雪をくっつけて、庭の方から廻って来た。

「慌しいことでございますな」

彼は孫ほど年齢の違う主人にひと言だけ言った。彼はいかなる場合でも、蘭丸の命令に従うだけで理由を訊くことはなかった。没我的な奉仕の精神が、身に二十何創かを持っているこの老武士の体を貫ぬいていた。

安土の城下を離れると間もなく雪は歇んだ。関ヶ原附近でまた雪は落ちたが、蘭丸主従六騎は段落の多い雪の平原を駈けに駈けた。伊集院藤兵衛だけが少しおくれたが、他の五騎は殆ど同時に深夜岐阜の城門に到着した。

蘭丸は上意であるからと夜中に登城した。こうした時の蘭丸は十八歳の少年には見えず傲岸であった。城内の到るところに篝火と燎火が焚かれ、武具を着けた武士たちが忙しそうに動き廻っていた。深夜の城内全部が眼覚めている感じだった。

「まるで合戦の前夜のようでございますな」

藤兵衛は、城内にはいった時、不審そうに蘭丸に囁いた。

「さあ」

蘭丸は言ったが、甲斐討入りの命令は岐阜の将士に降るなと思った。そして恐らく総指揮者は信忠なのであろう。

信忠は起きていた。蘭丸は信長からの言伝てを伝えたが、それが喋りながら、蘭丸にはひどく間の抜けた場違いのものに感じられた。

蘭丸は信忠の御前を退出すると、城門の横手で米湯の接待を受け、主従六騎はまた馬に跨がった。丁度夜が微かに白みかける頃であった。帰路は雪は全く歇んでいた。併し、昨夜難渋した関ヶ原附近は、昨夜よりももっと積雪は深くなっており、六人の主従は徒歩で馬を引張った。

醒ヶ井に出ると雪は薄くなり所々に黒い土が見えた。醒ヶ井を過ぎる頃から、また主従は駈け詰めに馬を駈けさせた。蘭丸は常に先頭に立っていた。彦根へはいると、弱い朝陽が雪のない凍てついた路上に散っていた。彦根の城下を抜け、また小さい部落へ入った。道は寺の石垣に沿って走り、それが切れると、殆ど直角に近い急角度で折れ曲っていた。

蘭丸はそこを曲った時、はっとして手綱を強く引いた。馬は棒立ちになった。その時、蘭丸の眼には、路傍に一梃の輿が横倒しになり、二人の人足と二人の武士がそこに駈け寄って行くのが見えた。蘭丸の馬を避けようとして、どうしたはずみか輿を横倒しにしてしまったものらしかった。

「これは御無礼をした」

蘭丸は馬から降りた。そして、

「公用で急いでおりましたため、平に御容赦戴きたい」

と言った。眼に角を立てていた二人の武士も、公用と聞いて、

「気を付けなされ」

口では荒く言ったが、あとは泣き寝入りといった顔だった。

蘭丸に続いてやって来た五騎も馬から降りた。輿は起された。が、起されたまま、輿の垂れは上がらなかった。蘭丸は輿は空だなと思った。蘭丸は従者に厚く詫びるよう言い残すと、自分だけ馬に乗った。気が急いていた。

蘭丸は馬上からもう一度輿の方を見た。その時、静かに輿の垂れは上がり、地上に一人の若い女が降り立つのが見えた。武士を二人供に連れているくらいだから、身分ある者の

妻か娘であろう。地上に立った女は、蘭丸にはひどく長身で華奢に見えた。

「おお、怖かったこと！」

そんな澄んだ声が聞えた。早朝の冷たく澄んだ空気が、暫く震動している感じだった。

そして女はちらっと見上げるように、蘭丸の方へ顔を向けた。

「厚くお詫び申し上げろ」

蘭丸はもう一度地上に降り立っている部下たちに言うと、そのまま自分は馬に鞭を当てた。一刻も早く安土へ帰りたかった。

蘭丸はそこから安土までは、馬を休みなしに駈けさせた。家の前へ着いた時は、馬はかなり疲れていた。考えてみると、岐阜で半刻ほどの休みを与えただけで、あとは一晩中、泥濘と雪の道を駈けさせていた。

蘭丸は直ぐ衣服を改めると、城内に向った。そして信長の前へ出ると、岐阜の信忠からの返事を言上した。

「委細承知いたしました。万事遺漏なきよう取り計らうとの、お言葉でございました」

「昨夜、岐阜へ行ったのか」

「は」

「馬は疲れたであろう」

「は」

「大切に労(いたわ)ってやれ」

そう言ってから、信長は、

「蘭は何が欲しい？」

機嫌のいい時の癖で、信長の顔は寧(むし)ろ気難しく見えた。

「蘭丸、何も戴きたくはございません」

「遠慮するな」

「遠慮はいたしませぬ」

「何か望みを言え」

「何も」

「合戦は？」

「は？」

蘭丸は顔を上げて、常に自分に特別に好意を持ってくれている主君の顔を見た。実戦に臨みたいといった昨日の望みを、いま信長は適(かな)えてくれるなと思った。

「ただ今直ぐからでも出陣できる用意を整えております」

悦びを押しかくして、蘭丸は言った。

「今から、どこへ出陣する」

「岐阜城は出陣の御用意でございました」

　すると信長は、

「蘭は何を見て来たことか」

　おかしそうに大きく笑った。そして話題を変えて、

「雪はどうだった？」

「関ヶ原はかなりの雪でございました」

「そうだろう。馬で駈けられたか？」

「徒歩で馬を引きました」

「関ヶ原でそのくらいなら、諏訪地方はさぞ大変だろう。馬は持って行けぬ。雪の解けるまでは合戦は無理だろう。そうは思わぬか」

「は」

「岐阜の城は、兵糧をどこかへ運ぶ仕事でごった返していたのであろう。合戦は無理だが、米運びはできる」

　そう言って、信長はまた笑った。蘭丸は、この時、甲斐討入りがまだずっと先きのことだということを初めて納得した。

「恐れ入りました」

　蘭丸は平伏して、まだまだ自分の物の判断など甘いものだと思った。そしてそれとは別に、彼は、この主君のためには、今更のように生命を棄てても惜しくない気持が込み上げ

て来るのを感じた。

蘭丸は自分が彦根の端れで横倒しにした輿の女のことが気になった。暁方の冷たい空気の中に、すっくりと立った色白の長身の女の顔が、日が経っても妙に心から消えなかった。伊集院藤兵衛の言い方を以てすると、どこの家中の者か判らないが相当の身分ある女性で、兎に角彦根から西の方角へ向っていたことだけは明らかだと言うのであった。そんな判りきった藤兵衛の、いかにも彼らしい報告が、蘭丸はその時許り(ばか)は無性に腹立たしかった。

信長の言葉のように、合戦の気配のないままに、一月から二月へと日は過ぎて行った。甲信地方の降雪期を避けているのか、いっこうに軍は動かなかった。二月の声を聞くと、急に琵琶湖の湖面には、幾本かの水脈(みお)が走った。氷でも割れるように、湖水の冷たい青黒い色が割れ、幾本かの水脈には微かにそこだけ水の温(ぬく)みが感じられた。

突然、安土の城下に非常呼集の法螺(ほら)が吹かれ、太鼓がものものしく打ち出されたのは、二月十一日の夜である。蘭丸はその夜自宅で眠っていたが、急いで飛び起きると武具を着けて登城した。果して甲斐討入りの発令であった。城内はごった返していた。どこへ向うのか、早馬は次々四方に飛んでいた。

関東口から北条氏政、駿河口から徳川家康、飛驒口から金森五郎八、そして伊那口からは総指揮者として信忠が、それぞれ甲斐を目指して乱入するということであった。その夜のうちに、信忠の指揮下にはいる部隊は次々に岐阜に向って進発した。

蘭丸は信長に出陣の挨拶をしに来る多くの武将たちの応接に忙しかった。池田元助、池田輝政、中川瀬兵衛、永岡兵部大輔等の武将たちが次々に信長の前に伺候した。蘭丸はその夜まんじりともしないで、合戦の昂奮をその面に着けている多くの武人たちと、短い言葉を交わしては、儀礼的に頭を下げていた。

夜がしらじらと明けてから、漸く信長と近習の者たちだけの時間が来た。信長は寝所にはいろうとして立ち上がったが、蘭丸の口をきりっと結んだ硬い表情を見ると、ふと思い付いたように、

「もう半月すれば、その方も望み通り出陣することになろう」

と言った。

「上様も御出陣になられますか」

蘭丸が訊くと、

「行かいでか！　法性院信玄が生れ、育ち、住んだところを見てみたいわ」

それから蘭丸をからかうように、

「さあて、どこから甲斐へはいるかな」

と、信長は言った。

「やはり伊那口からでございましょう」

「伊那口からだと、信忠が敵を追い払ってしまって、人間は誰も居らんぞ。梅が咲いている許りだ。ゆっくりと伊那谷の梅を見て行くか」

信長はそう言うと、あとは蘭丸の存在は忘れたように遠い眼をした。本当に伊那の梅でも眼に浮かべているような、そんな表情だった。蘭丸は信長の言うように伊那口に敵が居ないとは思わなかった。たとえその勢威は信玄在世中とは同日に語れないとしても、武田氏ともあろうものが半ヵ月や一ヵ月で滅亡し去ろうとは到底考えられなかった。出陣さえすれば、自分が武勲を樹てる機会は一再ならずあるであろう。

翌日、蘭丸は家へ退がると、急に思い立って、馬を駆って、琵琶湖の西岸を北へ駈けた。石山を過ぎ、大津を過ぎ、坂本の城下を横切った。寒気は衰えていたが、馬を疾駆させると、風は顔にも手にも冷たかった。時々水際の枯蘆の間から鳥が飛び立ち、その羽音が蘭丸の寝不足の頭に沁みた。

坂本を過ぎると、間もなく、蘭丸は湖岸の道を外れて、湖畔に迫っている丘陵への間道を登って行った。そして丘陵の背に出ると、蘭丸は馬を降りた。宇佐山城の天守が、雑木の間から、北西の方向に小さく見えた。父可成が築城し、討死した城である。蘭丸は宇佐山城の遠景にじっと見入っていた。

父上、蘭丸の初陣(ういじん)でございます。

彼はこう父の霊に言いたかったのだ。蘭丸はここへ来たのはこれで二度目である。一回目は、二年程前伊集院藤兵衛に連れられて来た時である。父が戦死した時蘭丸は六歳で、父の居城である美濃の兼山城にいたので、勿論この城での父の討死の状況は知らない。現在は兼山城も今蘭丸の視野の中にある宇佐山城も森家のものではない。嫡子長可(ながよし)は漸く最近織田の中堅武将として頭角を現わすようになったとは言え、まだ父可成の後継者として一国一城の主となる貫禄は持っていない。蘭丸、力丸、坊丸の三人の弟たちは、信長の近習に取り立てられ、亡き父可成の武功のお蔭で特別の恩顧を蒙ってはいるが、家運再興の役を受け持つには余りにも年少である。

蘭丸は、ここでこの前に聞いた藤兵衛の言葉を決して忘れない。

「惟任(これとう)日向守光秀様が、その気ならば、宇佐山城は落ちなかったかも知れません。城内では惟任の旗が見える。救援に明智がやって来た。もう大丈夫だ。うわっと喊声(かんせい)を上げたものです。だが、その時の御作戦がどのようなものだったか知りませんが、明智の軍は後詰に廻らず、この宇佐山の城を見棄てるようにして、石山の方へお引きなされました」

藤兵衛がこのことを口にしたのは、この場所でただ一度だけである。その後は絶対にこのことには触れない。併し、蘭丸は一度耳に入れたこのことを決して忘れなかった。若し光秀がその気になったら――この藤兵衛の言葉を思い出す度に、胸の内部は煮えくり返るようであった。

蘭丸は今も宇佐山城を見降ろしながら、光秀のめったに感情というものを現わさぬ、冷たいと言えば冷たい、理知的と言えば理知的な、能面のように整った顔を思い出していた。あの武将ならやりそうなことだと思う。現在織田の武将では、秀吉、勝家と並んで、近江丹波二国を領する飛ぶ鳥落す勢の光秀である。この宇佐山城も、光秀の居城坂本の枝城である。

こんどの甲斐討入りでは必ず武功を樹てます。そしてこの宇佐山の城も美濃の兼山城も、一日も早く森家のものとして、父上の霊を安んじたいと思います。——口では言わなかったが、蘭丸はそんな気持で、父の霊の籠っている宇佐山の城を見入っていた。

蘭丸は、再び馬上の人となると、いっきに丘陵を駈け降りた。北方には山巓(さんてん)を雲に匿して、比良(ひら)の峰が巨大な重量感で聳え立っている。その比良を背にし、叡山を右手に見ながら、蘭丸は再び湖岸に出た。一丁程で坂本の城下町へはいろうというところに、道の右手に小高い丘があり、梅の疎林がそこを覆っているのが見えた。

蘭丸はちょっと馬を留めて、早春の陽を浴びている梅林を見入った。合戦などとは無縁なしんとした静かな風景だった。気のせいか、梅の匂いが微かに流れている。蘭丸はふと梅林の中へはいってみたくなった。彼はそのまま馬首を山手へ向けると、ゆっくりと丘陵を登り始めた。梅林に近付くと、あたりには実際に梅の匂いが漂っていた。

馬をそのまま梅林の中へ乗り入れると、直ぐ蘭丸は、何人かの女の話し声を耳にした。見ると、向うで、三人の女たちが筵(むしろ)を敷いて、その上で食事をしていた。蘭丸はその方へ馬を進めた。世の中には暇な人間があるものだと思った。合戦合戦のこの時代に、笑いさざめきながら梅林の陽だまりで重箱を拡げている！

蘭丸が近付いて行くと、初めてそれに気付いたらしく、三人の女たちはいっせいに立ち上がった。

「誰や？」

凜とした声がその女たちの一人の口から出た。蘭丸は返事をしないで、なおも近付いて行ったが、二人の女中を背後に従えて、こちらに顔を向けている女の顔を見た時、蘭丸ははっとした。この間の女である。そのまっ直ぐに背を伸ばしている姿といい、ひと握りにできそうな胴のくびれといい、肌の抜けるほどの白さといい、紛れもなく、彦根の城下の端れで、輿から出て来た女であった。

蘭丸が短い叫びを上げると、それと同時に女の口からも同じような叫びが出た。

「この間は――」

蘭丸が言うと、

「馬をお降り遊ばせ」

女は蘭丸の顔を見詰めたまま静かに言った。ちょっと命令的だった。それから、

「いつまた蹄にかけられるか判りませんもの」

その言葉と一緒に、女は固い表情を崩した。笑いとも皮肉とも取れる表情だった。

「大丈夫です。あの時は急いでいました」

「当てになりません」

それから「嫌な馬！」と低く言った。蘭丸は自分の耳を疑った。確かに女はそう言った筈であった。蘭丸が今までに耳にしたことのない奇妙な言い方でもあり、奇妙な言葉でもあった。その嫌な馬と言われた馬から蘭丸は地上に降りた。

「この間は怪我はありませんでしたか」

「怪我しましても、もう癒るころですわ。一カ月も前のことですもの」

「供の者がお住居を訊くのを忘れましたもので」

「訊かれましたが、言いませんでした」

何を言っても、やっつけられる感じだった。

「改めてお詫び致します」

すると、女はいかにもおかしそうに声を出して笑い、それから、

「仕方がないので堪忍して上げます。一体どなた様でございますの」

「森蘭丸と申します」

「あ、森様！」

女は改めて蘭丸の顔を見詰めたが、

「お名前はお聞きしたことがあります」

「貴女様は？」

「わたくし？　わたくしはそこに住んでおります」

そう言って、女は、少し体を捻じてみせた。梅林を端れたところに生垣で囲んだ家があった。旧家ででもあろうか、農家風の大きな構えである。

「由弥（ゆや）と申します者、失礼いたしました」

ちょっとだけ言葉を改めて女は言った。百姓家の娘でないことは、その物怯（ものお）じしない態度からも、またこの前二人の武士を連れていたことからも明らかである。

「御身分は？」

「そんなこと訊いて何になさいます？」

「ただお訊きしてみただけです」

すると、女は、

「身分などありましたら、こんなところに住んで居りませぬ」

あとは笑いに紛らせて、

「折角お見舞に来て下さったのですから、梅見に一献（いっこん）差し上げましょう。でもまだお酒は召し上がりませんかしら」

そんな言い方は、蘭丸を子供扱いにした皮肉な言い方であった。が、蘭丸は皮肉には感じなかった。女が来いと言えばどこへでも行くような、無抵抗なものが、いまの蘭丸の心を占めていた。歩いて行く女の背後姿は話している時とは違ってひどく若かった。蘭丸は女が自分よりも年長であることは判っていたが、それもせいぜい二つか三つであろうと、この時思った。

四方から甲斐へ乱入した織田、徳川、北条の連合軍は、それぞれ破竹の勢で武田の領土を席巻して行った。安土には毎日のように、早打ちの騎馬武者が何騎となく駈け込んで来た。

信長は捷報次々に到る中を、ゆっくりと腰を上げ、三月五日に安土を進発した。そして六日行軍中に敵の最大の拠点である高遠城の陥落を聞き、ついで送られて来た城将仁科信盛の首を呂久川に見、これを長良川に梟した。信盛は勝頼の弟で豪勇を以て聞えた若い武将である。八日には岐阜を立って、犬山に赴き、そこで勝頼が去年新築した許りの新府の城に火をかけて落ちたことを知った。そして十四日には早くも勝頼父子の首がこれまた行軍中の信長のもとに送り届けられて来た。信長はこれを波合で検し、十五日には二つの首級を飯田に梟した。

信長は悠々として、まるで物見遊山のような速度で進軍して行った。そして十八日に高遠城に到着、十九日に上諏訪に入り、法華寺に本陣を置いた。

森蘭丸は全く当てが外れた気持だった。このように呆気なく武田勝頼が潰えようとは思わなかった。蘭丸は合戦は愚か、行軍らしい行軍もしなかった。梅の時期は既に去り、半月がかりでのんびりと経廻って来た渓谷には桃と深山桜の花が点々と咲いていた。蘭丸は岐阜に到着した時、既に武功を樹てることは諦めていた。いざ諦めるとなると、蘭丸は諦めが早かった。

上諏訪に陣が布かれてから三日目に最初の従軍将士の論功行賞が発表されたが、この時だけは、蘭丸は平生より少し蒼い顔をして、信長の横手に坐っていた。味方に通じて功あった木曽義昌、穴山信君等の武田方の武将には旧領安堵の朱印が与えられ、勝頼父子の首級を獲った第一線部隊の滝川一益には、上野及び信州二郡が与えられ、関東管領たることが発表された。

この最初の論功行賞に続いて二十五日には、こんどの作戦の総指揮者信忠に梨地蒔絵の腰物が与えられ、家督相続が非公式ながら発表された。そして二十九日には、第三回目の論功行賞の発表があり、家康には駿河が、河尻秀隆には甲斐及び信州諏訪郡が、蘭丸の兄森長可には信州四郡が、毛利秀頼には伊那郡が、団景春には岩村城が与えられた。そして一番最後に、森蘭丸に美濃兼山城が与えられることが発表された。

蘭丸は自分の耳を信ずることはできなかった。論功行賞を読み上げる老武士の嗄がれた声を、蘭丸は夢うつつで聞いた。場所が場所だったので、蘭丸はひれ伏して、それを受けたが、心の中では、

「上様！」

と呼びかけていた。なぜこのような事をして下すったのですと言いたかった。嬉しくないことはなかったが、蘭丸は信長の覚えめでたいことや亡き父の武功のために、兼山城四万石を得たいとは思わなかった。

「忝(かたじけ)ない仕合せでございます」

御礼を言上したまま、頭を垂れている蘭丸の眼には涙が溢れた。涙は膝の上や、膝の上に置いている握り拳の上に落ちた。何の涙であるか、蘭丸は自分でも確(しか)とは判らなかった。信長の好意が身に沁みて有難く、それに対する涙でもあり、自分が武功に依って、それを獲らなかったことの口惜しさでもあった。その二つの矛盾した感情が、蘭丸の十八歳の若い体をのた打っていたのであった。

その夜、甲府に駐屯している信忠が恩賞に対する礼を述べるために、信長に会いに諏訪へやって来た。こんどの陣中で最初の父子対面であった。

深夜再び甲府へ向けて帰って行く信忠を信長は宿所である法華寺の門まで送った。夜気は生暖かく、晩春というより初夏に近い感じの夜であった。信長は信忠を送り出したあと、鐘楼の横を過ぎる時に、

「蘭！」

と蘭丸に声をかけた。

「合戦には縁がなくて気の毒だったな。それにしてもまだ合戦をしたいか」

「はい。いつかのお言葉のように中国へお差し向け戴きとうございます」

「慾の深い奴めが！　こんどはどこの城が欲しいのか」

からかうように信長は言った。美濃の兼山城を与えたのに、それでまだ不足かといった口吻だった。

「どこも欲しくはございません」

「美濃の兼山城で満足か」

「ただ今の蘭丸には分に過ぎて居ります」

「将来のことを訊いているのだ」

「将来もそれで充分でございます」

「だが、中国の合戦で武功でも樹てられると、どこかの城をやらなければならん」

信長は半ば冗談に言った。すると蘭丸は、

「若しもそのような場合は宇佐山城を戴きとうございます」

と言った。

「なに宇佐山城？　あれは城とは言えん。ちっぽけな砦だ」

「父が築き、父が戦死した砦でございます」

それには答えないで、信長は、

「可成が討死してから十二年になるな」

ぽつんと言って、あとは黙ってそのまま歩き出した。四面に敵を受けていた伸るか反るかの十二年前の一時期の苦しさが、その時信長の心には蘇って来たようであった。

信長が甲府から富士川沿いに駿河へ出て、途中家康に迎えられ、東海道を通って安土に凱旋したのは四月二十一日のことである。蘭丸は、美濃兼山城の城主とはなったが、すぐには任地へ赴けなかった。戦雲は今や四国九州へと動き、第二期の信長の作戦活動は開始されようとしていた。

蘭丸は凱旋後忙しく暮していたが、初めて暇ができた日、坂本城下へ由弥に会いに出掛けた。蘭丸はひそかに兼山城に赴任する時、由弥を伴って行きたいと考えていた。由弥について蘭丸の知っていることは、彼女の名前と、彼女が彦根の旧家の娘で、いま坂本に住んでいるということだけであった。由弥はそれ以外自分について何も語らなかった。

由弥は、この世で、蘭丸の心を奪った最初の女であった。蘭丸はこれまで、女というものを美しいと思ったこともなければ、女に惹かれたこともなかった。併し、由弥だけは別だった。この前、半刻足らずの短い時間だったが、梅の匂いの流れて来る女の家の一間で、女の酌で盃を手にした時のことが蘭丸は忘れられなかった。女の気品のある美貌が瞼から消えなかった。

蘭丸はいま女を訪ねるために、初夏の陽を浴びて、軽やかに馬を飛ばしていた。この前とは違って、頬に当る風は爽(さわ)やかで、湖も山もきらきら輝いていた。由弥の家への上がり口で馬を棄てた。屋敷へ一歩はいると、恰(あたか)も彼を待ってでもいたかのように、直ぐ由弥は庭の植込みから姿を現わした。

「今日は貴方がいらっしゃるのではないかと思っておりました」

由弥はいきなり言った。

「どうして？」

「ただそんな気がしたのです」

由弥はこの前とは違って、薄く化粧していた。そして衣服もきちんとしたものを着て、見違えるほど美しく装っていた。由弥は直ぐ蘭丸を中庭に面した座敷へ招じ入れた。炉には形よく赤い炭火が並べられ、釜の湯は微かな清潔な音を立てていた。蘭丸は茶を招(よ)ばれた。由弥の白い手が茶碗を捧げ持って来るのを、蘭丸はうっとりとした気持で見入っていた。

「こんど父の城であった兼山城を貰いました」

蘭丸が言うと、

「存じて居ります」

由弥は言って、

「お若いのに御城主様になって、将来はどのようにお豪(えら)くなるでしょう」

この前とは違って、言葉遣いは淑(しとや)かで、顔の表情も静かであった。

「どうして知っているのです。誰から聞いたのですか」

「聞かなくても判ります」

「そんな！」

「いいえ、貴方様のことなら、どんな小さなことでも、わたくしには判りますの、そういうものが女の心というものでございます」

蘭丸は、そんな女の言い方に快く体を揺すぶられた。

「美濃へ行く時、貴女も一緒に行ってくれますか」

蘭丸が言うと、

「行きとうございます」

由弥は、動ずることもなく言った。

「承知してくれますね」

「行きたいという自分の気持を申し上げただけです。行けるかどうかは判りません」

「どうしてです？」

「どうしてでしょう⁉」

由弥はちょっとからかうように上眼遣いに蘭丸を見た。併し、その顔は少し悲しげだった。

「なぜ、そんなことを言うのです」

「怖いのです」

「何が？」

「何もかも」

蘭丸はふと年長の女からからかわれているような焦せりと屈辱を感じた。

「拙者は本気で言っている」

「わたくしも」

「それでは、はっきり言ったらどうです」

「それが言えませんの」

「どうして」

「どうしてでしょうか？」

また恍けた表情だった。蘭丸は軽い怒りを感じて女の顔を見詰めた。女の眼も亦彼を見詰めていた。蘭丸は突然手を伸ばして、女の手を握ると、女の体を自分の方へ引いた。自分でも制御出来ない衝動的な動作だった。

「いけません」

由弥は言ったが、言葉とは反対に由弥の体は無抵抗に蘭丸の方へ崩れて来た。顔と顔とが触れ、唇と唇が触れた。生れて初めて火のようなものが蘭丸の体を焼き尽そうとしていた。蘭丸は美しいものを踏みにじる狂暴な慾望を感じた。すると突然、女は体を起すと居住まいを直して、

「さあ、おとなしくこれでお引き取り下さい」

と、少し冷たい口調で言った。顔色が真蒼だった。

「引き取りません」

「いいえ、お引き取り戴かないと困ります。人が参りますの」

「誰です」

「お約束してあるお客様です」

それから由弥は弱々しく、

「明日改めていらしって戴けませんか」

と言った。哀願といった表情だった。

「では今日は帰ります。が、美濃へは一緒に行ってくれるでしょうね」

「明日御返事いたします。明日まで考えさせて下さい」

それから、

「わたしは若しかすると、貴方様の考えるような女ではないかも知れません。それが怖ろしゅうございます」

蘭丸は由弥のその言葉が気になったが、明日もう一度彼女に会えるという悦びが、彼を急に素直にした。

蘭丸は由弥の家を辞すると、門まで彼女に送られて、梅林の中を通って、丘陵を降って行った。もう少しで湖畔の道へ出ようとするところで、蘭丸は数人の騎馬武者の一団が、前方で停まったのを見た。一人は身分の高い武士らしく、彼が馬を降りると、他の武士たちは地面に手を着いて頭を下げた。そして主人らしい武士が一人だけで丘陵を蘭丸の方へ上がって来た。

蘭丸は二人の間隔が迫った時、はっとした。惟任日向守光秀であった。見間違う筈はなかった。

蘭丸は何か知らぬが、その時突然彼を避けねばならぬ気持に支配された。そして周囲を見廻した。彼を避けようとすれば避けられた。併し、彼は避けなかった。寧ろ傲然と丘陵の斜面を道の方へ降りて行った。二人が擦れ違う時、相手は顔を上げた。蘭丸は上体を折って、鄭重に、

「惟任様でございますか」

と言った。

「森どのか」

光秀は言って、冷たく眼を光らせた。

「失礼いたしました」

蘭丸が頭を下げたまま去ろうとすると、

「待たれい」

光秀の声がかかった。蘭丸が足を停めると、光秀は持前の無表情な顔で、

「宇佐山の城が欲しいと言われたのは本当か」

と言った。低い声だったが、刃のような鋭さがあった。蘭丸は顔を伏せたまま黙っていた。もうそんなことが光秀の耳にはいっているのかと思った。諏訪の陣で、あの夜の信長のあとに従っていたのは僅か数人の近習だけであった。

「そのようなことは――」

「ないと言われるか」

「何かの間違いではないかと思います」

蘭丸は言った。確かに自分の口で言ったと言いたかったが、必死にその思いに耐えた。口にすべき言葉ではなかった。

「宇佐山の城を見に来られたか。見たかったら、幾らでも案内の者をつけて進ぜように――。よし、帰られい」

最後の言葉は突き放すように命令的であった。蘭丸は一礼して歩き出したが、心の中は光秀に対する憎悪で煮え沸(たぎ)っていた。惟任光秀のために父は討死した。それだけでも許す

べからざる相手であるのに！

蘭丸は由弥のことを考えるのが怖かった。光秀がいま行こうとしているところは由弥の家以外であろうとは思われない。蘭丸は木立から馬の手綱を解きながら、もう一度、よほど由弥の家へ引き返してみようかと思った。そして馬の首を、恰も自分の心を押しなだめるように、軽く叩いていた。由弥の態度に不分明なところがあったが、光秀とある関係を持っている女であるとすると、すべて納得のゆくことであった。いつか彦根城下で、彼女が二人の武士を供に連れていた謎も解ける。

蘭丸は馬に跨がった。狂暴なものが蘭丸の心をのたうっていた。

彼は、光秀の従者たちが丘陵の裾に腰を降ろしているところを目がけて、いきなり馬に鞭を当てた。従者たちは突然の襲撃に周章(あわ)てて四方に飛んだ。二、三人が斜面を転った。蘭丸は彼等のまん中を駈け抜けると、そのまま道へ出て、湖岸を南へまっしぐらに駈けて行った。蘭丸は途中で馬首を回した。由弥と光秀が何をしているか、自分の二つの眼で見届けようと思った。併し、一丁程駈けて、また馬首をもとへ戻した。

由弥を諦めようと、蘭丸は思った。そして狂ったように湖岸の蘆に沿って、馬を駈けさせて行った。鳥がその行手行手から慌しい羽音で飛び立っていた。

惟任光秀が、安土へ参向する徳川家康の饗応役を仰せつかったのは五月の初めであった。

信長にとって、家康は永年の同盟者として大切な客であった。家康の安土参向は十五日と決まっていた。十四日に、何事につけても細心の注意を払う信長は、一応光秀の饗応振りを自分の眼に収めるために、自分で家康の宿泊所に宛てられている寺へ出掛けて行った。掘割に沿った古い寺であった。

門へ一歩はいった時信長は、いきなり、

「魚の臭いがするな」

と、周囲の者に言った。誰も返事をしなかった。その時、

「は」

と、蘭丸だけが肯定的に返事をした。確かに、微かではあるが、魚臭が風に乗って吹き寄せられていた。台所で明日の馳走の支度が行なわれており、たまたまその臭気を風が運んで来ているらしかった。が、不快と言えば不快であった。信長は顔色を変えると、直ぐそのまま安土城へ引き返すように命じた。

そしてその日のうちに、家康饗応役は光秀から取り上げられ、堀久太郎がそれに代った。

翌日、蘭丸は信長の命で、昨日まで家康が泊る筈になっていた寺へ使いに立った。そこの奥の一間に光秀は一人で黙然として端坐していた。陽の蔭った石の多い中庭が、その向うにあった。

蘭丸は床を背にしてその光秀の前へ、ぴたりと坐ると、

「上様からのお使いとして参じました。即刻、安土より坂本に帰城し、中国出陣の御陣用意のこと」

蘭丸は眉一つ動かさず言った。頭を垂れている光秀の体が、その時微かに前に動いた。

「即刻、安土より坂本に帰城し、中国出陣の御陣用意のこと」

大上段に振りかぶった刀を振り降ろすように、蘭丸は光秀に再び信長の命令を伝えた。

暫くしてから、光秀は、

「承知いたしました」

そう言って顔を上げ、きらきら光る眼で若い自分に敵意を持つ使者の顔を睨んだ。

蘭丸は黙って光秀に背を見せて部屋を出た。掃除の行き届いた広い寺内には誰も居なかった。丁度家康が安土に到着する時刻であった。

翌日の夜のことである。蘭丸は暮六つに城を退がった。家康を接待する信長の傍に一日中侍(はべ)って、蘭丸はひどく疲れていた。屋敷へ戻ると、玄関へ伊集院藤兵衛が出て来て言った。

「由弥様と言われる方が午頃(ひる)からお待ちになっておられます」

「なに！」

蘭丸はその場に棒立ちになった。この前彼女を訪ねた時、翌日訪ねることを約束しておいたが、勿論彼はそれを履行していなかった。蘭丸は由弥という女を諦めたつもりでいた。

のである。

二度と会うことはないと思い定めていた。ところがその由弥がいま自分の家の一間に居る

「会おう！」

蘭丸は決然と言った。ここを訪ねて来た用件だけは聞こうと思った。

部屋へはいって行くと、由弥は縁側に坐って、夕闇の立ち籠め始めている庭を見ていた。

小さい背を見せたまま、彼女は蘭丸の方を振り向かなかった。

「由弥どの」

蘭丸は言った。そして自分が一度だけ両腕の中に抱きしめた小さい肩を見入った。

振り向いた由弥は蘭丸には別人のように見えた。寂しい疲れた顔をしていた。

「お願いがあって参りました」

そう言って、深く頭を下げると、

「惟任様のことを、上様にお取成し願いたいのでございます」

と由弥は言った。声が震えていた。

「それをこの蘭丸にお頼みに来られたか？」

「わたくしだけの考えから出たことですが、ほかに知り合いもございませんので……。もう御承知とは存じますが、わたくしは惟任様にお世話になって参りました。それだけの御恩はあります。できるだけの事はして上げて、あの方とお別れしたいのです」

「別れて何とする？」

「どうも致しません。ただ一人きりになりたいのです。堪らなく一人になりたくなったのでございます」

「それはまた殊勝なこと」

「皮肉でございますか。勿論貴方様にお縋（すが）りする気はありません。ただ惟任様と今までの関係を続けられなくなっただけのこと！」

「なぜ、そんな気を起された？」

「それをお訊きになるのですか」

怨（えん）ずるような口調だった。

「兎に角、今日の用事は上様へのお取成しをお願いに来たのでございます」

「お断りする」

ぴしゃりと蘭丸は言った。

「余人ならいざ知らず、惟任光秀様に関することなら固くお断りする。勿論拙者何のてだてもないが、たとえあったとしても、固くお断りする」

「どのようにお願いしましても」

「いかにも」

「わたくしへのお怒りからですか」

「貴女への怒り、莫迦(ばか)な！」

蘭丸は言った。

「貴女への怒りなど微塵も持っていない。貴女が光秀様から自由になるというのなら、今でも拙者は貴女を美濃へ迎えたいくらいだ」

蘭丸は言った。ありのままの気持だった。

「まあ！」

大きい動揺が由弥の顔に現われた。

「そのようなお考えを持っていて下さるのですか。怖ろしいような気がいたします」

「くどいようだが、拙者は光秀様に関するお取成しは一切御免蒙る。ただ黙ってあの家を出て来て戴きたい。それができるのなら――」

由弥は黙ってじっと考え込んでいたが、

「女の気持というものが、もう少し貴方様にお判りになりましたら」

「そんなものは蘭丸には判らぬ」

「まあ、気丈な！」

「気丈なのは、持って生れた性格！　由弥どの、六月一日、もう一度お目にかかりたい。丁度これから半月の時日がある。今月いっぱいお考えあって、若し、蘭丸をお選び下さるなら、来月一日、もう一度この蘭丸を訪ねて来て戴きたい。再び坂本へ帰らぬ決心で――」

由弥は黙って蘭丸を見詰めていたが、やがて、

「今日は、お別れいたします」

そう言って立ち上がった。その方は振り向かないで、蘭丸はじっと握り拳を膝の上に当てたまま植込みの、漸く深くなった夕闇に眼を注いでいた。


突然信長が、安土本城および二の丸の留守を津田源十郎、賀藤兵庫頭、野々村又右衛門等二十数人の中堅武将に命じて、小姓三十人を連れて上洛したのは、五月二十九日のことである。近く中国へ発向するための準備が、こんどの彼の上洛の目的であった。諸部隊はそれぞれ出動の準備に忙しかったので、信長は近習の者だけを供に連れることにしたのである。

蘭丸は急の上洛を知った時、六月一日の由弥との約束が気になった。由弥が訪ねて来ることは決してあるまいとは思っているものの、やはりそれが気になった。併し、由弥へこのことを連絡する余裕はなかった。蘭丸はやはり自分と由弥とは縁がなかったと思った。


二十九日上洛するや、信長は宿所を本能寺に定めた。

六月一日蘭丸は妙覚寺の信忠へ使いした。そして本能寺へ帰ったのは暮方であった。本格的な夏の夕暮で、夕焼雲がただれたような赤さで西の空に拡がっていた。

蘭丸は門を固めている武士の一人から、一通の封書を受け取った。表には森蘭丸様と書

かれ、裏には何も書かれてなかった。

二十六日亀山へお発ちの惟任様をお送りし、貴方様御上洛の御あとからわたくしも京へ参りました。御多用の折、お目にかかること適わぬと存じ、ただ御命通り、お指示の日出向きましたことをお知らせいたします。

書状にはそれだけ認められてあった。

その夜半、蘭丸は鉄砲の音で眼を醒ました。隣室で眠っていた坊丸が襖を開けて顔を出した。

「下々の者どもの喧嘩と覚えますが」

と彼は言った。

「仔細はなかろう。寝(やす)むがいい」

蘭丸はそう言ったが、そう言っている間も、銃火の音は次第に烈しくなった。急に不安が蘭丸の心を捉えた。

「蘭！」

信長に呼ばれて、彼の寝所の襖を開けると、信長は床の上に起き上がっていた。

「謀叛(むほん)か、誰の企みだ？」

蘭丸は表庭に面した雨戸を繰った。火は既に立木の梢を焼き、鬨の声が館を包んでいた。万を越える大部隊であろう。千や二千ではない。いま京都の近くでこれだけの兵を動員しているのは、中国へ出動しようとしている惟任光秀以外には考えられなかった。

「明智が者かと思います」

蘭丸は答えた。

「是非に及ばぬ」

信長はすっくり立ち上がった。白い単衣を着たその姿が、蘭丸の眼には痛々しく映った。その時は、早くも明智勢は館へ数ヵ所から乱入し、建物を焼く音がけたたましく聞え始めていた。

蘭丸はそこに右往左往している小姓の半分二十数名を御厩の方へ向け、あとの半分で信長を守ろうとした。間もなく雑兵が十数名一団となって乱入して来た。信長は少し離れたところで、十文字の槍を握って、急変した自分の運命を見詰めているかのように、静かな表情で静かに立っていた。

蘭丸は、信長の方へ駈け寄ろうとしたが、その時は数人の敵が二人の間を割いていた。

「蘭！」

蘭丸は自分を呼ぶ信長の声を耳にしたような気がした。確かに耳にしたと思った。

「蘭丸、初陣でございます」

言葉には出さなかったが、そんな気持だった。蘭丸は信長へ近寄ろうとしている一人を斬った。そして二人目の足を払った。

「上様！」

蘭丸は白い単衣を眼で探しながら、何人かと渡り合った。信長のために、生命を棄てることは何でもなかった。

「明智！　惟任！」

蘭丸は相手が光秀その人であるかのように、烈しい敵意と憎悪で、信長の前へ廻ろうとする者に立ち向って行った。

いつか庭へ出ていた。弟の坊丸と力丸が、蘭丸に体をくっつけるようにして立っていた。長い間あちこちに位置を移動しながらも、三人の兄弟は背をくっつけていた。

「離れるな！」

時々蘭丸は二人の弟に叫んだ。

気が付いた時、いつか蘭丸は自分一人になっていた。

右手が痺（しび）れている。そして太腿に矢が一本突き刺さっている。

「上様！」

蘭丸は見廻したが、彼の周囲はただ敵で充満していた。

烈しい打撃を彼はこんどは肩に感じた。その時初めて、蘭丸は由弥の美しい顔を大きく眼に浮かべた。

「由弥！」

その由弥のところへ近付いて行くような気持で、蘭丸は二、三歩前へ歩いた。脇腹にまた打撃を感じた。蘭丸は前にのめった。怒濤のような大きい鬨の声！　併し、それも次第に、蘭丸の意識の中で遠くになって行った。

幽鬼

光秀は夜十時に麾下の将兵一万七百を率いて居城亀山城を発した。遠く中国表への出陣であるから、朝のうちに隊伍を整えて威風堂々と城門から繰り出すのが普通であったが、それをまるで夜討でもかけるように夜陰に紛れて亀山を進発するということが誰にも多少の危惧の念を抱かせた。併し、それは五、六町の行軍の間に誰の胸からも跡形もなく消えてしまった。

この年天正十年は、五月の声を聞いた時からひどく暑かった。梅雨がなく、炎暑を思わせるような烈しい陽光が毎日のように丹波一帯の山野を焼き、下旬にはいると天候は崩れるかに見えたが、曇った空の下に微風もない窒息するような蒸し暑い日々が続いた。この夜も暑かった。重い武具を持った将兵たちは瞬く間に汗と埃に塗れた。そしてまだ始まった許りで、これからさき何日続くか判らない備中の戦線までの行軍の長さを各自が胸の中で計算していた。

主将光秀は部隊の先頭に立っていた。馬上にはあったが、光秀もまた全身汗に塗れていた。馬の首に手を触れると、馬の首もまた油でも塗ったように汗で濡れている。光秀自身は、併し、余り暑さは感じていなかった。この二、三日、ろくに睡眠もとっていないので、疲労が悪寒となって、吹き出す汗はすぐ皮膚に冷たく滲みた。

光秀は進軍を続けながらまだ、三木原へ出るか老の坂へ出るか心に決めかねていた。三木原へ出ると中国への順路となるが、老の坂へ出ると否応(いやおう)なしに道は京都へ通ずる。条野の部落を過ぎるまでにそれを決めてしまわなければならない。馬が一歩一歩脚を進めるごとに、光秀は自分が採るべき道の決定を迫られている思いであった。

安土の信長から中国への進軍を命ぜられたのは、半月程前の五月の十七日であった。光秀は直ぐ居城亀山から本拠の近江の坂本に帰り、そこで六日間を過ごし、二十三日に再び亀山にとって返し、全軍に出陣の準備を命じた。二十八日に光秀は愛宕山(あたごやま)に参詣し、その晩はそこに参籠、翌二十九日は愛宕の西坊で連歌師里村紹巴らと百韻を興行した。光秀は「時は今あめが下しる五月哉(かな)」と詠(よ)んだ。光秀の心に主君信長を弑(しい)そうという叛逆心が最初に頭を擡(もた)げたのはこの時であった。その時一座に居た者から、信長も、嫡子信忠も今明日中に京へはいるという噂を耳にしたからである。まさに時は今であった。信長は直接軍勢を持たずに京都へはいるであろう。自分は中国戦線に向かうために誰に憚ることもなく一万の軍勢を動かすことができる。信長の生命さえ断てば、彼の半生の業績はそっくりそのまま自分の掌の中に転げ込んでくる。こうした好機が、今を措いて再び自分に見舞って来ようとは思われぬ。

「時は今」と光秀は咏んだが、併しそれからずっと光秀の考えはその己が決心の周囲を徘徊していた。光秀は夜も昼も汗の滲み出している両の掌を固く握りしめていた。信長が二十九日に京の本能寺にはいったことは判ったが、信長の首級を挙げてからの己が行動がはっきりと納得するようには自分に呑み込めなかったからである。部隊はいつでも進発できるようになっていた。併し光秀は自分の採るべき途をまだ心の中ではっきり決めてはいなかった。部隊を動かしたくても動かせなかった。

それがこの夜九時に、京都から使者が来たことで一切は決まった。光秀はその使者の口から本能寺に於ける信長が全く無防備な状態にあることと、信忠が室町薬師町の妙覚寺にはいり、これまた人数が手薄であることを知った。ここで初めて光秀の気持は決まり、光秀は直ぐ麾下の全軍に進発の命令を下したのである。

併し、城門を出る時からまた光秀の決心はぐらつき始めていた。信長も信忠も屠ることはできる。併し、それから先のことは依然として読めなかった。主君信長を弑するそのことには何の躊躇も感じていなかった。この戦国争乱の時代を生き抜いて行くためには、主君であろうと、肉親の者であろうと、必要とあればそれを屠ることは已むを得ないことであった。いま自分が覘っている当の信長もそうしたことに依って現在の地位を築いていたし、多少でも現在の名を知られている部将たちの尽くがそうした過去を持っていた。光秀は自分も亦いまそれが必要であるので信長を屠るまでのことだと思っていた。信長を屠れば天下を奪ることができたが、そうしない限り、天下は愚か自分の将来の見込みさえ立たなかった。ざっと見廻しても信長の部将の中で自分を凌ごうという勢いを見せている者は何人も数えることができた。家康も居れば柴田勝家も居た。滝川一益も居れば丹羽長秀も居る。それから永年自分の下に居た羽柴秀吉でさえ、目下のところでは信長の寵を受けて何かと自分の先を越している。現に彼は中国戦線の総指揮者であり、去年は因幡にはいって鳥取城を陥れ、今年は備中に入り、目下毛利輝元の属城である高松城を攻めている。今度の自分の中国表出陣も秀吉を赴援する信長軍の応援が役目であり、自分の立場は秀吉のそれと較べると遥かに微弱なものになっている。天下を覘うなら、まさに時は今であり、今を措いては再びないと言うべきであった。

今晩中に信長と信忠を屠る。そして時を移さず京に於ける信長の残党を殲滅し、直ちに毛利、上杉、北条、長曽我部の地方諸将に使者を送って共同戦線を張り、信長の部将たちにも誘降の使者を発する。そして自分は近江に向かい、瀬田城主山岡景隆を誘降、さらに軍を安土城に進める。留守の蒲生賢秀との間には一戦を免れぬが、これが攻略には一日をも要さぬであろう。伊勢、伊賀は織田信雄の地盤ではあるが、信長に対する反抗分子も多く、その何分の一かは誘降に応ずる筈である。

上野の滝川一益、甲斐の河尻秀隆、信濃の森長可、毛利秀頼、北陸の柴田勝家等は遠隔の地にあるので、直ぐには手を触れずにでも置ける。その間に自分の方は地盤を強固なものにする。長岡の細川藤孝、忠興父子は永年昵懇の間柄でもあり、忠興の妻は自分の娘である。そうしたことからこの二人は先ず自分の需めに応じてくれるであろう。自分の第四子を嗣子に入れてある筒井順慶もまた身を自分の陣営に投じてくれることは間違いあるまい。

どうせ信長の麾下の武将たちとの大々的決戦は避けられぬが、それまでに自分の陣営は相手を凌ぐほど強大になっているであろう。

併し、と光秀は思った。今考えている総てのことが仮定の上に立っていた。総てのことが仮定の上に立っているということが光秀を不安にしていた。信頼できる唯一本の支柱でも欲しいところであった。併し、今の場合それは望めないことであった。計画は今のところ彼一人のものであり、この地上で他に誰も知っている者はなかった。

相変らずそよとも風のない真暗い山野を部隊は上ったり下ったりしていた。亀山城を出てから半刻程経っているように光秀には思われた。実際は一刻以上の時間が経過していた。光秀は自分の前を行く先駆けの小集団の徒歩部隊に従いていた。光秀は平坦な地にはいると馬を小走りに走らせ、先の部隊との開きを少し縮めようとした。

幾度かそれを繰り返しているうちに、光秀はふと訝しい気持に襲われた。自分は先刻から先の一隊との距離を縮めようとして馬を走らせているが、何時見ても一向にその距離は縮まっていない。しかも、先の部隊は徒歩の一団である。

光秀は自分一人の苦しい思念からその時初めて離れて、己が前方に眼を凝らした。十数人の一隊が駈けるような早足で前進している。光秀は馬の手綱を緊めた。後に続く部隊を引き離さないためである。すると前方の一隊もまた脚を停めた。ひどく静かな停り方であった。

光秀はじっと瞳を据えて前方の一隊を見守っていた。暫(しばら)くして再び進発した。するとそれに呼応するように前の一隊も前進し出した。光秀はこの時初めて怪しいという思いに捉われた。考えてみると、自分は最初部隊の先頭に立った筈であり、その後も位置は変えていない筈である。

光秀は馬を停めた。

「あの者たちはたれの組の者か」

光秀はぴたりと自分の馬の横に馬体をくっつけている溝尾勝兵衛に訊ねた。

「は⁉」

曖昧な返事があっただけで、溝尾勝兵衛はあとの言葉を口から出さなかった。

「先を行く者はたれの組か」

「先を行くと申しますと？」

「あれが見えぬか」

そこまで言うと、光秀はあとの言葉を続けず、

「蒸し暑い夜だのう」

と話題を逸らせて言った。光秀は溝尾勝兵衛には見えぬものが自分だけに見えているらしいことに気づいたからである。

光秀は改めて前方の闇に眼を遣った。一人が立ち、その立っている武士の周囲を固めるようにして他の十二、三人の武士たちが身を屈め、片膝を折っている。武士たちは孰れも武具で固めた背を見せている。が、光秀が見詰めている間中、その一団はまるで一塊の置物ででもあるように微動だにせず闇の中に坐っていた。

やがて光秀はあっと短い驚きの声をあげた。武士たちが背負った指物の図柄が、夜目にぼんやりと浮き上がって見えたからである。白地に黒く描き出されているものは身をくねらせた一匹の百足であった。丹波の豪族波多野氏の旗印である。

光秀は、いまここに波多野の武士が居る筈がないと思った。波多野の一族は三年前八上城で亡滅し、その領国丹波は現在光秀の所領になっている。

「波多野の武士ではないか」

「は⁉」

先刻と同じ曖昧な答が、溝尾勝兵衛の口から発せられた。光秀はやはり自分の眼にだけ

しか映っていないことを知ると、自分はひどく疲れているなと思った。

「少し休むぞ」

光秀はそう言うと馬から降り、道端の熊笹の繁みの上に坐った。そして、他の者には見えず、自分だけに映る幻の正体を考えた。ただの武士ではなく、波多野の武士たちであるということが、やはり不気味であった。恐らく前方の幻の武士たちも、いま休息をとっているに違いない。そして、こちらが前進すればまた彼等も動き出すであろう。

光秀は幻の一隊を自分の眼から消すために眼を瞑った。

光秀が丹波の八上城に波多野一族を亡ぼしたのは天正七年の六月初めであった。光秀は天正三年に信長から丹波地方の経略を命ぜられたが、この仕事は光秀にとってはひどく骨の折れる仕事であった。丹波一帯が険峻な山地である上に、長くこの地方を領していた豪族波多野一族が、精悍な地方武士を率いて最後まで新勢力の侵入を拒んだからである。光秀は幾度も本拠坂本城から出て丹波にはいり、波多野の軍勢と丹波各地に転戦し、一度は丹波全土を制圧したが、光秀が去ると同時に再び波多野氏の跳梁するところとなった。

その為、再び大々的な丹波進攻となり、漸くにして波多野一族を八上一城に閉じ込めてしまうことができたのは丁度三年前の天正七年のことである。

八上城は擂鉢を逆しまにしたような急斜面を東西南の三方に持ち、文字通り守るに易く攻めるに難い城であった。光秀は城を幾重にも取り巻いたが、そのまま兵糧攻めにして城の落ちるのを待つより手の下しようがなかった。

光秀が使者をたて、城内へ和議を申し込んだのは五月の中頃であった。光秀は自分の母を人質として城内に送ることを条件とし、若し城を明けるならば三千の城兵の生命を助け、主将秀治以下の本領を安堵することを申し送った。

二日経って、城内からは和議に応ずる旨の返事があった。更に二日経って、主将秀治と、その弟秀尚の二人は近侍の者八十余名を連れ、途中まで武装した武士一千に送られて山を降って来た。

光秀は豪勇無双の永年の敵を手厚く遇し、酒宴を張った。が、宴半ばに光秀が秀治等に安土に行って信長に謁することを勧めたことから話はこじれ、宴席は忽ちにして修羅場と化した。秀治の近侍八十余名はその場で斬死したが、光秀は辛うじて秀治、秀尚等十三人を捕虜にすることができた。

光秀は秀治等を搦めとったが、和議の条件まで反古にする気持はなかった。約束通り秀治、秀尚等の本領安堵を実現するつもりであった。併し、安土へ護送する途中に於て、秀治は捕縛される時負った手疵が重くなって遂に息を引き取り、そして安土へ送られた秀尚等十二人の武士たちは、信長の命により慈恩寺で尽く首を刎ねられて終わった。

この事件のために、八上城内では光秀の母を初めとする十数人の人質が、怒れる城兵たちによって磔に処せられたのであった。

光秀にとって決して気持のいい事件ではなかった。殊に、安土で首を刎ねられた十二人の最期の場に立ち会ったことは厭なことであった。秀尚等はいずれも恨みの形相凄まじく、一人残らず復讐を誓って首を刎ねられた。そしてそれらの首の中に、秀治の首も一緒に並べられたが、その時秀治の首はどういうものか、地面を転がって行って、一族の首の中へはいると、そのまま眼をむいた顔を地面の上に立てた。

光秀は幾度も眼を瞑っては、眼を開けた。そして熊笹の葉を払って立ち上がると再び馬上の人となった。

夜の闇は先刻より一層深くなっていた。波多野の武士たちの一隊は彼の眼から消えていた。光秀を再び苦しい思念が捉え始めた。二つの道の一つを選ばなければならぬ時は眼の先に迫っていた。

暫くして光秀は傍の者に訊いた。

「ここはどこかの？」

「間もなく老の坂でございましょう」

「何⁉」

光秀は己が耳を疑った。何時の間に、どのようにして老の坂迄来たのであろう。

光秀は部隊に小休止を命じると、初めて大事を打ち明ける為に、幾人かの武士たちを自分の周りに召集した。老の坂まで来てしまった以上、最早あとには退けぬといった気持だった。自分の採るべき行動は今や好むと好まないに拘らず、はっきり決まっていた。

左馬助光春、次右衛門、藤田伝五、斎藤利三等が集まっていた。小休止はすぐ打ち切られた。

やがて部隊は行進を開始したが、今度は休みなしにひた歩きに歩いた。老の坂を上り切ると、前方に田の水が白く光って見えた。沓掛の部落を過ぎたところで光秀は全員に食事を摂らせ、それからなお軍を進めた。桂川を渡った時、光秀は初めて全軍に、これから本能寺の敵信長を攻撃することを命じた。

京へはいったのは夜明前であり、本能寺を囲んだ時は、夏の暁方の光が辺りに漂い始める時刻であった。


その月の十三日に、光秀は本能寺の変を聞いて急遽備中から引き揚げて来た秀吉の大軍と山崎に戦った。光秀は信長、信忠の首級を挙げるまでは予定通り事を運んだが、それ以後のことは尽く事志と違っていた。細川藤孝、忠興父子も光秀の招きに応じなかったし、筒井順慶もまた日和見の態度をとって光秀軍に投じなかった。

合戦の勝敗は十三日一日で決まった。この日長く降らなかった雨が降った。夕方には光秀の主力は秀吉軍に包囲され、光秀軍に投じた武将たちは次々に討死し、総敗北となった。

光秀が平原の中にある勝竜寺城に逃げ込んだ時は夜になっていた。併し、間もなく、この城も敵軍の包囲するところとなろうとした。光秀は近江坂本に落ちて再挙を図るために、近臣の者たち数名と共に闇に紛れて勝竜寺城を出た。溝尾勝兵衛、進士貞連、村越三十郎、堀毛与次郎、山本山入、三宅孫十郎等が光秀と行を共にした。

新戦場を雨は叩き、敗走する味方と、それを追う敵の鬨の声、そして銃声とが、真暗い平原の到るところから不気味に湧き起っていた。そうした中を光秀の一団はいずれも馬で城の北方を東へと進み、伏見へ出て、大亀谷から山地へ入り、小栗栖への道を取った。

光秀は自分の現在の立場が如何なるものか、自分自身でも判断がつかなかった。それ程、今の光秀は心身共に疲労していた。信長を弑逆してから僅か十二日目であったが、その間の不眠不休の行動と八方への配慮が、光秀の相貌を全く別人のものにしていた。光秀はただ黙々と馬上に揺られ続けていた。

勝竜寺城を出てから一刻ほど経った頃、突然、光秀は従者の一人に制せられて馬を停めた。

「あの跫音は追手でしょうか。それとも味方でしょうか」

耳をすませてみると、雨脚の烈しい音の合間に、徒歩部隊の跫音が間近に聞こえていた。

「前か」

「さように思われますが」

従者はいったんそう答えたが、再び、

「後のようでもございますな」

と言った。言われてみると、それは成程後の方から進んで来る跫音のようでもあった。跫音ばかりではなく、人々のざわめきの声も伝わって来る。

一同は路傍の竹藪に身を潜めて、その背後からやって来るかも知れぬ一隊をやり過ごすことにした。併し、相変らず跫音も話声も聞こえているのに、それは一向に近づいて来る気配はなかった。何時迄も雨が地面を叩く音と共に一同の耳に同じように聞こえていた。

「おかしゅうございますな」

堀毛与次郎が言った。おかしいと言えばおかしなことであった。

「空耳かも知れませぬ。とにかく歩き出してみましょう」

主従の一団は再び、いつか登りになっている細い道を歩き出した。人声と跫音は依然彼等と共に動いているようであった。光秀は途中でぎょっとして闇の中で眼を見開いた。行手に二、三十人と思われる一団の武士たちが歩いているのを発見したからである。しかも、彼等はやはり此の間光秀が闇の中に見た一隊と同じように、波多野の百足の指物を背に指しているではないか。光秀は尚も前方の闇に瞳を凝らした。

「前を行く者たちが見えるか」

光秀は言った。

「何でございますか」

「ほら、ずっと先の闇の中だ。あれが見えぬか」

傍の従者は前方を見詰めているようであったが、従者の眼には何もはいってはいない様子であった。光秀はそれに気づくと一行を振り返り、

「ここで暫く休息しよう」

　と言った。

「休んでいる暇などありませぬ。すぐ追手が迫って居ります」

　憤ったように言ったのは溝尾勝兵衛であった。

「いや休もう。休まないと道を踏み迷って坂本へ着けぬとも限らぬ」

　光秀はいきなり路上に飛び降りた。兎に角少しでも休まなければならぬと思った。老の坂へ自分を引っ張って行った幻の武士たちが、再び自分を捉えている。自分ばかりではない。今ここにいる総ての者にその幻の音が聞こえている。跫音や、話声を、皆の者の耳から消してしまわなければならぬ。そして自分は更に己が眼から波多野の武士たちの幻影を取り払ってしまわなければならぬ。

　光秀は立っていた。雨は相変らず烈しく降り続け、坐りたくても坐ることはできなかった。それに、立っていてさえ睡魔は激しい勢いで光秀の全身を押し包もうとしていた。

　光秀は再び馬に跨り、前方を睨んだ。やはり光秀の眼には波多野の武士たちの姿がそこ

だけに漂っている異様な明るさの中に、はっきり映っていた。光秀はやがて彼等を照らし出している明りが篝火（かがりび）であることに気づいた。武士たちは思い思いの姿勢で、篝火の明りに照らされていた。或者は立ち、或者は腰を下ろしていた。一様に身を焦がすほど赤く染まって見えている。

光秀が馬を進ませると、波多野の武士たちも前進し出した。指物が火の粉を浴びて揺れ動いている。

「やはり波多野だな」

「何がでございます」

「あれを見よ。先を行く者の旗を」

「何と仰せでございます？　何も見えませせぬが」

「跫音は聞こえるか」

「跫音は確かに聞こえて居ります」

「あいつらが歩いている音だ」

光秀はまた自分が喋っている言葉に気づいて、やはり自分には休息が必要だと思った。併し、今は休むことはできなかった。光秀は馬上で目を瞑った。幾度か眼を開いたり瞑ったりしてみたが、どうしても波多野の武士の幻影を追いやることはできなかった。

「うぬ！」

疲労が呼んだに相違ない幻は、さすがに不気味ではあったが、光秀はこれを怨霊だと思いたくはなかった。またそのようなことが起るとは信じなかった。自分が疲れている為に、そしてみんなが疲れている為に、この闇の中で変異が起っている。

「うぬ！」

二度目に叫ぶと同時に、光秀は波多野の武士たちに向かって突進しようと試みた。その瞬間、突如、光秀は脇腹に火のような疼痛が走るのを覚えた。光秀は自分の胴丸の横に何か突き刺さっているのを知った。光秀は自分でそれを右手で摑むと一旦引き抜き、そしてそれを満身の力をこめて手許に手繰り寄せた。光秀の摑んだものは竹槍であった。手繰り寄せられた竹槍の先端にそれを握っている人間の顔があった。

「波多野秀治！」

光秀は声にならぬ叫びをあげた。それは、口をきつく結び、半眼をあけて宙を睨んでいる、いつか慈恩寺の庭を転がった秀治の首であった。

光秀は竹槍を押し遣るようにして手を離した。次の瞬間、新しい疼痛が再び全身を貫いた。こんどは竹槍が脇腹から背の方へ突き通っているのを光秀は思考の失せかけている頭の中で感じた。

光秀は田楽刺しのまま、相手を見据えた。

「幽鬼！」

併し、そこにはもう秀治の凄まじい形相はなく、獰猛な一人の野武士が、品のない顔の中でその小さい野卑な眼をらんらんと光らせていた。

光秀は誰かの叫び声を聞いたように思った。光秀は自分の体がいつか馬上にはなく、竹槍に突き刺されたまま、地上で右に左に蹣跚（よろめ）いているのを知った。光秀は最期の眼を見張った。波多野の武士も、その指物も、それらを照らす篝火も消え失せていた。そこには暗い闇があるばかりで、辺りを車軸の雨が叩いている。

光秀は幻が消えたことで吻（ほっ）とした。自分はひどく疲れているのだと思った。そして二度と覚めることのない休息にはいるために、幽鬼というものを決して信じようとしなかった光秀は前にのめった。

佐治与九郎覚書

知多半島の大野城主佐治与九郎一成（さじよくろうかずしげ）が、当時安土城にあって秀吉の庇護のもとに成人しつつあった、浅井長政の遺子である三人の娘たちの中の、一番末の小督（こごう）を娶（めと）ったのは天正十四年のことである。この話は春に始まり、実際に輿入（こしいれ）が行なわれたのは十一月の終りであった。与九郎は二十二歳、小督は十四歳、二人は婚礼の日まで一度も顔を合わせたことはなかった。

与九郎の母は織田信長の妹であり、小督の母も亦信長の妹であったので、二人は従兄妹関係にあるわけだったが、それぞれ幼い頃からきびしい運命の転変に揺すぶられ、容易ならぬ歳月を過去に持っていたので、お互いの存在など殆ど知っていなかった。それでも与九郎の方は安土城に自分の従妹にあたる三人の女性がいることは何となく知っていた。が、小督の方は与九郎などという名を聞いたこともなければ、その居城である大野という城がどこにあるのかも全然知らなかった。

与九郎の父八郎信方は信長に随って天正二年に長島の役に出陣して討死していた。父の死後、与九郎は親族の者たちに援けられて、家を継ぎ、幼少の頃は織田信雄のもとに人質に取られたりしながらも、隣接する諸勢力の間にあってよく父祖の地を全うし、現在家康、信雄の陣営に属して、その一方の武将として大野城六万石を領している。小督の方は生れた年の天正元年に父長政を小谷城に失い、天正十一年には母お市の方と義父柴田勝家を北の庄に失っている。

この結婚には二人にとっては叔父にあたる織田信雄が仲に立っていた。与九郎一成は、小督の話が出た時、自分以上に不幸な過去を持って来た女を自分の妻に迎えることはいいと思った。曽ては近江の豪族として鳴らした浅井の娘ではあるし、それに母方の織田の血もはいっており、家こそ潰れているが、まずこの時代では一、二といっていい名門の出である。それに三年前に北の庄の城で勝家に殉じて自刃した母お市の方は、一世に知られた美貌の女性である。その娘であるから、恐らく小督も亦その麗質を受け継いでいるであろうと思った。

輿入の日には、大野の城下には積るとは思われぬ細かい雪が舞っていた。

輿入の一行は雪の中を城下を突っ切って、城の方へゆっくりと進んで来た。城は海に迫っているひどく高低のある丘陵の上にあった。東西四町、南北一町、総廓九十二町一反、小さい丘全体が城廓になっている。本丸は丘陵の南の端にあり、その本丸の更に南に小さい櫓があった。そして本丸と櫓とを幅九間程の空濠が取り巻き、その外部に腰曲輪があり、更にまたその外部を深さ十八間程の谷が取り巻いていた。

行列は石畳の坂道を上って行き、中腹にある城門のところで停って、そこに輿を置いた。城門の脇には門火が焚かれ、花嫁を出迎える大勢の女房たちが腰を屈めて控えていた。輿入の格式にははまっていなかったが、与九郎はそこまで小督を出迎えた。

与九郎は輿から降りた背の低いずんぐりした花嫁を見て、小督が期待に反して少しも美貌でなく、平凡な顔立ちの娘であることを知った。下ぶくれの顔は愛らしいと言えば愛らしいと言えないこともなかったが、城下の町人の娘などにいくらでもある顔だった。

このことは与九郎許りでなく、その場に居た者たちの誰もが同様に感じたことだった。人々は同じように白小袖を着た与九郎と小督とを、漸く暮れようとしている薄明りの中に並べて見て、自分たちの若い城主の室となる女性に軽い失望を感じた。どう見ても与九郎の方が引き立って見えた。与九郎は顔立ちも整っており、父譲りの精悍な凜々しいものを、その長身の体に着けていた。

「お疲れだったことであろう」

与九郎が言うと、

「疲れました。ずいぶん遠いんですもの」

小督は言って、何となく笑顔を見せた。そんなところは素直な感じだったが、笑うと、口が大きく、唇の厚いことが判った。

小督は最初待女房に手を取られて歩き出したが、歩きにくいのか途中で相手から手を離すと、先に立って、多少手を振るような恰好でとことこと石畳の道を上って行った。

与九郎と小督の夫婦仲は睦じかった。与九郎は小督が美人でないことには少しの不満も感じなかった。小督の神経質なところなど微塵もないおおどかな性格は好きだった。小督は一城の主の室であるといったようなつんとしたところはなく、可笑しいことがあれば場所を構わず侍女たちと一緒に声を出して笑った。声は美しかった。城も小さく、生活も贅沢なことは許されなかったが、小督はいっこうに不満に思っている風には見えなかった。

小督は与九郎のところへ嫁いで来てから一度も城を出たがらなかった。小督のすぐ上の姉のお初は溝口城主京極高次の許に嫁いでおり、長姉の茶々はずっと安土城に留まっていたが、別に小督は安土にも帰りたがらなかったし、二人の姉たちにも会いたがらなかった。いかにも、現在の境遇に満足しているといった様子であった。

小督が嫁いで三年目の天正十六年の春に、長姉の茶々は秀吉の側室に上った。この茶々の噂を耳にしても、小督は別に心を動かされる風でもなかった。姉との身分が隔たってしまったとも、また反対に、いかに権力者ではあれ、自分たち一門にとっては仇敵である秀吉のところへ茶々が側室として上ったということに対しても、格別特殊な感慨は持たないようであった。

与九郎はこうした若い妻に愛情を持っていた。いかなる立場にあっても、自分は自分だとして、自分にやって来る運命に従順で、いささかの不平や不満を持たないということは、やはり育ちから来るものであろうかと思った。小督は嫁いでから二年の間に二人の女児を生んだ。上の姫にはおきた、下の姫にはおぬいと名付けた。おぬいの方は生れながらの盲女であった。

茶々が側室に上った噂を聞いてから一年足らずして、この大野城の若い夫婦に全く思いがけない運命がやって来た。それは秀吉からの使者が来て、茶々が病気になり、病状捗々（はかばか）しくない故、小督に茶々の病気見舞に来るようにという秀吉の意を伝えたことだった。この使者から秀吉の伝言を聞いた時、与九郎は顔色を変えた。秀吉の命令通り、小督を茶々の許に差し出せば小督は再び大野城へ戻って来ることはないのではないかと思った。使者が帰ると、

「余と相聟（あいむこ）が不足か！」

与九郎は呻くように言った。茶々と小督が姉妹なので、秀吉と与九郎は謂（い）わば義兄弟の関係にあるわけであった。そんなことから秀吉は自分から小督を取り上げる腹ではないかと与九郎は思った。

それにもう一つ、与九郎には気になっていることがあった。それは天正十二年に家康、

信雄の聯合軍が秀吉と小牧で闘った時のことである。秀吉は佐屋川の船を押え、家康の三河へ引きあげる退路を遮断した。ために家康は窮地に陥ったが、この時家康のために船を出して、その急場を救ってやったのは与九郎であった。この時の与九郎の措置に対して、秀吉がいい感情を持っていよう筈はなかった。秀吉が天下の権力者にのし上っている現在、何らかの形で、この報復はあるかも知れなかったし、またあっても不思議はなかった。

与九郎はその夜、小督に秀吉からの使者の趣を伝えて、二日後に茶々の居る淀城へ赴くように命じた。すると、小督は、

「それは困ります」

と、いかにも困惑した表情で言った。十日先に二人の姫のために桃の節句を控えており、その日は侍女たちと向い山で野宴を開くことになっている。それが済んでからならいいが、それがすむまでは行くわけには行かない。これが小督の言分だった。与九郎が何分天下の権力者である秀吉の命令であるから、それまでの猶予は難しかろうと言うと、

「関白様の御命令でも、それくらいは待って戴けましょう」

小督は言った。秀吉の命令より、自分の娘のための桃の節句の方を大切に考えている、怖いもの知らずの室の言葉が、与九郎の耳には快く響いた。

与九郎がそうした我儘の許されぬことを説明すると、小督は暫く考えていたが、

「では、参りましょう」

と、こんどは素直に言った。与九郎はそんな小督に、

「こんどの上洛は単に淀殿のお見舞とのみは受け取ぬ、何か裏に他の意味があるかと思う」

と言うと、初めてそのことに気付いたとでも言った風に、小督ははっと顔を上げると、

「お城替えでございましょうか」

と言った。

「城替え⁉」

「もっと大きいお城へ代るようにというお達しがあるのではございませぬか」

心からそう思っている小督の表情であった。

与九郎はそう言った。人を疑うという気持を全く持ち合せていない若い妻に対して、他
「そうかも知れぬ」

のいかなる言葉も口から出すことはできなかった。

二日間に小督の旅立ちの支度は調えられた。与九郎は小督を茶々の病気見舞にやるというより、秀吉のもとに送り届けるといった気持の方が強かった。与九郎は日頃小督に仕えていた侍女たちを、あるいは再び戻って来ないかも知れない自分の室に付けてやることにした。

小督の旅立ちの支度が調えられている間、与九郎の気持は複雑だった。権力者に対する

反抗と諦めの気持が交互に若い武将の心を襲っていた。そしていよいよ小督が出発する日の朝、烈しい怒りが与九郎を襲った。小督がすっかり旅支度を調えて、挨拶にやって来た時、与九郎は、

「仔細あって生かしておくわけには行かぬ」

そう言うや否や、彼は槍を取り上げ、穂先を小督に向けて構えた。どうしても小督を秀吉の許に差し出すわけには行かぬといった気持だった。

すると、小督はその場に坐ったまま、眼を軽く閉じ、

「どうぞ」

と言った。いつもの澄んだ声だった。

「突くぞ」

「どうぞ」

それから小督は眼をつむったまま、いかにも可笑しそうに低い笑声を口から洩した。

「何が可笑しい！　怖くはないのか」

与九郎は訊いた。すると小督はまた笑いながら、どうぞと言った。

「よし」

与九郎は突こうと思った。すると、その時、小督の口が動いた。

「おまじないでは三遍突くのでございましょう」

与九郎は自分の耳を疑った。

「なんと？」

「おまじないでは——」

「まじないと思っているのか」

与九郎は瞬間体から緊張の解けて行くのを感じた。いっきに毒気を抜かれてしまった気持だった。小督は自分のために、夫が旅の道中の無事を祈るまじないをしてくれるものと許り思っている風であった。

与九郎は血の気を失った顔で、三度槍を突き出し、三度とも小督の胸許一尺程のところで停めると、

「よし、これで何事もなかろう」

と、自分でもそれと判る乾いた声で言った。

小督は目を開けると、二年前の婚礼の時、城門の横で輿から降りた時笑ったように笑った。その邪気のない笑顔は与九郎にはやはり美しく見えた。与九郎はこの時ほど小督に夫としての深い愛情を感じたことはなかった。そして今こそ小督を自分の手から放してやろうと思った。彼女の持っている運命がどのようなものか判らなかったが、兎も角その流れの中へ放してやろうと思った。

小督はその日、大野城を発った。十幾つかの輿が並び、その前後を騎馬の集団が固めて

いた。婚礼でもない、かと言って普通の旅立ちでもない異様な行装の隊列は、丘陵の城を出て、足場の悪い石畳の坂を、早春の弱い陽を浴びて降って行った。

与九郎一成の危惧は間もなく現実となって現われた。秀吉からの使者が来たのは、小督が大野城を発って行ってから二十日程してからだった。小督が淀城で発病し、当分帰れないから承知して貰いたい。こういう使者の口上だった。口調は鄭重であったが、一方的な通告であった。それから更に十日程して小督と一緒に行った侍女たちだけが帰されて来た。侍女たちは淀城へはいってからの小督については何も知っていなかった。彼女たちは城へはいると同時に小督とは離されてしまい、そこで退屈で不安な何日かを過し、それでも最後に一通り都を見物させて貰って帰されて来たのであった。

与九郎はかねて覚悟していたことではあったが、秀吉に対して烈しい怒りを覚えた。併し、どうすることもできなかった。織田信雄にも使者を立てて相談したが、そのままにして成行を見ている以外仕方がないだろうということであった。

明けて天正十八年に、小督を取り上げられた佐治与九郎には、更に決定的な悲運が見舞って来た。それは彼の主である織田信雄が奥州へと国替えさせられると同時に、与九郎はその居城大野城を召し上げられることになったのであった。多年秀吉とよくなかった信雄も思いがけない秀吉の報復を受けたわけであったが、それと一緒に与九郎の方も片付けられてしまった恰好だった。与九郎は城を出なければならなかった。死を賜わらないことがせめてものめっけものと言わねばならなかった。延文年間以来代々地方の豪族として、知多半島一帯の地に勢力を張っていた佐治氏は、ここに滅亡の運命に立ち到ったのであった。

　大野城を失った佐治与九郎一成は、浪々の身を一時血縁の関係にある師崎（もろざき）の千賀家に寄せたが、おきた、おぬいの二人の娘をそこへ預けて、自分は伊勢の安濃津（あのつ）城主の織田信包（のぶかね）を頼った。信包は与九郎の伯父に当る人物であった。そしてそこで与九郎は無役のままで、五千石の棄扶持を与えられた。

　伊勢へ行ってからの与九郎は、彼を知っている者には全く別人としか見えないような風貌に変っていた。併し、そうした与九郎を知る者も極く僅かしかなかった。与九郎は小さい侍屋敷に籠ったまま一切どこへも出ず、人に姿を見られることも極力避けていた。ただ一年に一回だけ庇護者である織田信包と会った。それは織田一門の供養の行なわれる日で、その日だけは城内に伺候し、信包と会って短い言葉を交し、それから城下の外れにある寺へ向った。

　この日信包と与九郎が会う席に居合せた者だけが与九郎の変った風貌に接することができた。大野城主であった頃の精悍な表情は全くなくなっていた。年齢のはっきり判らぬ憂鬱そうな面貌を持った長身の武士は、信包に対してだけ低く口を開いたが、何を言っているか、その言葉は殆んど聞き取れなかった。信包以外の誰が話しかけても、与九郎は決して返事をしなかった。それが唯一の己が運命への反抗であるかのように、彼は執拗に無言を守った。そうした与九郎の態度は、誰にもいい印象を与えなかった。人々は妻と城とを奪われた哀れな男として、与九郎を見た。

与九郎が城を失ってから三年目の文禄元年の春に、世に丹波少将と称ばれていた羽柴秀勝と小督との婚儀が発表された。秀勝は信長の第四子で、秀吉の養子であったので、この婚儀の噂は巷間に賑やかに流布された。秀勝は二十六歳で、小督は二十歳であった。

世間ではこの一時期、佐治与九郎のことを思い出したが、与九郎が信包の庇護のもとに生きているということを知っている者は極く一部の者だけであった。多くの者は誰が言い出したものか判らなかったが、大野城没落と共に与九郎が自刃して相果てたという噂を信じていた。

こうしたことがあってから間もなく、この年の秋に織田信包は伊勢の安濃津城から丹波の柏原城へと移封を命じられた。この信包と一緒に、与九郎一成も亦柏原へ移って行った。柏原へ移ると、与九郎は剃髪することを信包に申し出た。信包は一応与九郎の決心を翻させようとしたが、

「拙者は大野城を失った時、自刃すべきであったが、多少思うところあって今日まで生き延びて来ました。いまはその思うところも齟齬し、いつ相果てても惜しくない生命であり

ます。併し、いま自刃したら、御迷惑がこのお家へ及ぶと思いますので、このまま生きて参りましょう。剃髪の儀だけはお聞き届け戴きたい」

与九郎は言った。

それから数日してから、与九郎は髪を落し、名を巨哉と改めた。この時与九郎は二十八歳であった。

与九郎が大野城を奪われた時、自刃しなかったのは、小督にもう一度会えるかも知れないという気持があったからである。小督に対して恋々たる情を持っていたというより、小督の身の上が案じられ、もう一度会わないことには安心して死んで行けない気持であった。与九郎にそうしたことを思わせるものを小督は持っていたのである。それが、小督と秀勝の婚儀という思いがけない事件で終止符を打たれ、与九郎は自分が恥を忍んでなんのために生きていたのか判らなくなったのであった。

剃髪して巨哉になってからの与九郎は、人を避けることと、誰とも言葉を交さないことは前と同じであったが、その表情は見違えるほど穏やかになった。

それから二年してもう一度佐治与九郎のことが世間の話題になったことがあった。それは小督の夫である秀勝が朝鮮に出征し、朝鮮で陣歿したことが発表された時で、文禄三年の春のことであった。この時は与九郎の恨みがついに秀勝を死に追いやったというような蔭口がきかれ、小督の二度目の結婚が持った不幸は、当然約束されていたことのように噂された。小督は秀勝との間に一女を儲けていた。

小督が秀吉の養女となって、家康の長子である秀忠と伏見城に於て婚礼の式を挙げたのは、その翌年の文禄四年の九月のことである。小督は二十三歳、秀忠は十七歳であった。この時は婚儀の盛大さがやかましく噂され、その派手な噂の蔭に匿(かく)れて、もはや佐治与九郎のことを思い出す者はなかった。与九郎の名は口に出されても、これはもはやこの世に居ない人間としてであった。与九郎は誰からも故人として取り扱われていたし、実際にまたそう思われていた。

丹波の小さい城下町に、彼が衲衣(のうえ)を纏って生きていようとは、誰も想像だにしないことであった。

与九郎に嫁ぎ、秀勝に嫁ぎ、それぞれ不幸というべき結婚をしながら、次第に女としてのより大きい幸運を摑んで行く小督が、人々には異様な眩(まぶ)しさで見えた。

小督が、秀忠との間に一子を挙げたのは慶長九年七月のことである。秀吉薨(こう)じて六年経っており、家康は将軍職にあった。いつか時代はすっかり変っていた。この時も亦小督のことが巷間で噂された。

小督という女が、次々に夫を替えて、次々に違った胤(たね)の子供を産んで行くことが、多少揶揄(やゆ)的に取沙汰されたのであった。

併し、小督は今や将軍家康の嫡子秀忠の正室であり、江戸西城に於けるこんどの出産は大きい祝福を持って迎えられた。家康も悦んだし、諸国の武将たちからの賀使も毎日のように詰めかけた。

この小督の出産の噂は、江戸から遠く離れている丹波地方にはひと月ほど遅れて伝わった。

その日、巨哉こと佐治与九郎は所用あって柏原在へ出掛けて行ったが、柏原の城下の外れで、いずれも旅装束の十数名の騎馬の一団と出会った。道はぬかるんでいた。与九郎は泥の飛沫をうけて、多少小癪に障る思いで路傍に立っていた。その時、与九郎の耳に、やはり傍に路をよけて立っている男の声がはいって来た。それによって、与九郎はいま自分の眼の前を過ぎて行く一団が、秀忠の室の男子出生を祝うために、この城からはるばる江戸へ出掛けて行く賀使の一行であることを知らされた。

与九郎はふらふらとその場に腰を下ろした。坐ってしまった時、自分でもどうしてそんなところへ坐り込んでしまったものか、はっきり判らなかった。

与九郎は大勢の通行人が怪訝そうに見返って行くのも構わず、虚ろな眼でそこに坐り込んでいた。その眼には、十五年前の自分の妻である小督の、あまり美貌とは言えない、併し人を疑うことを知らないおおどかな顔が与九郎だけに見えていた。

与九郎にはもはや愛憎の観念はなかった。ただ、現在の秀忠の室である小督が、やはり昔のように自分に与えられている境遇に、たいして悦びもなく悲しみも感じずに坐っているのではないかという気がした。

そしてそんな彼女に、幸運というものが、今までもそうであったように、これからも、ゆっくりと着実な足取りでやって来るのではないかと思われた。

「徳川家は御安泰じゃ」

与九郎の口から、ふとそんな言葉が洩れた。皮肉でも自嘲でもなかった。若い頃の与九郎の声とは全く違った嗄(しわが)れたものであった。小督の夫秀忠は将来将軍になるかも知れなかったし、こんど生れた男児がそれに続いて将軍になるかも知れなかった。恐らくそのようなことも夢ではなく、そのような幸運が小督を見舞って来るのではないかと思われた。人間は幾らでも不幸になって構わないし、幸福になっても構わない。これがこの時の往年の大野城主佐治与九郎の感慨であった。

与九郎の予想通り、その後秀忠は二代将軍となり、小督の生んだ男児は三代将軍となった。

与九郎は寛永十一年九月二十六日七十歳で京都に歿しているが、どうして京都に住むようになったか、その間の消息は判っていない。「長徳院快岩巨哉居士」というのが彼の戒名である。また与九郎が師崎の千賀家に預けたおきた、おぬいのその後のことも判っていない。ただこの二人の娘たちが住んだ須佐村附近を「おきた脇」と呼ぶことはかなり後年まで続き、そこに母とは異なって不幸だった二人の娘が住んでいたことを物語っていた。

足が冷えて利休は眼覚めた。膝の関節から下が殆ど体温というものを失っている。五、六年前のことだが天正十三年三月大徳寺で催された大茶会の時、初めて利休は足の冷え込みで眠られぬ夜を持ったが、それ以来毎年のように、決まって不思議に春になってから寒さが堪えて、二回や三回は夜半に眼覚めることがあった。併し今年の、堺に移ってからのこの十五日程のようなことはない。この半月というものは、暁方になると、決まったように眼が覚める。七十の声を聞いた肉体の衰えもあろうが、やはり今度の事件に関連して、それだけ精神の弱りもひどいのであろうかと思う。

厠に立って窓から戸外を覗くと、暁闇の中を細かい雪が舞っている。寒い筈だと思った。利休は再び床に入り、足を縮め、膝頭を両手で揉んでいるうちに、いつか又眠りの中へ落ち込んで行った。

ほんのちょっとうつうつしたような気持で、利休は再び眼覚めた。併し今度はすっかり夜は明け放れていた。縁側の欄間の隙間から洩れる光の箭が障子に当たっている。そのうちに縁側をそっと足音を忍ばせて歩いて行く人の気配がする。

「誰かな」

利休は声をかけた。

ふと、擦り足が立ち止まって、障子の向うで三つ指をついた風である。

「わたくしでございます」

堺の在から来ている四十程の婢の声である。

「雪が積もってはいないか」

「いいえ、雪など、——よい天気でございます」

「ほう」

利休は一寸意外な気がした。

「戸を開けてくれ」

利休は床を離れて着物を着ると、障子を開けてみた。庭は一面の厚い霜ではあるが、なるほど、朝の弱い陽が庭の一部に流れている。小さい竹の植込みの向うに晴れ切っている青い空が見える。いつになく静かないい天気である。確かに暁方雪が舞っていた筈だがと思ったが、瞬間、白いものが間断なく舞い落ちていた暗い空間が、現実の一場面であったか、あるいは夢の中の一情景であったか、利休の頭の中で判別がつかなくなった。

併し、陽蔭になっている軒先の霜柱の地面を注意して見ると、やはり凍った土の厚い層の上に、霜とは違った白いものが薄く撒かれてあった。雪はやはり確かに降ることは降ったのである。自分が厠に立った丁度あの時刻、雪はいっせいに舞い落ち初め、いかにも春の雪らしく程なく降り歇んでしまったものと見える。あるいは暁方雪が落ちたのを知っているのは自分一人かも知れない。漠然とそんな事を考えている時、

「今日は何かがやって来るだろう」

ふと、そんな革まった気持がその時利休の心を占めた。悲しみでも、恐れでもなく、心の隅々まで満ちて来るような、それは一種充実したとさえ思える不思議な気持であった。

利休が、突然秀吉からの使者として富田知信、柘植左京亮を聚楽の不審庵に迎え、蟄居を命ぜられたのは二月十三日のことである。全く思いがけない烈しい運命の転変だった。利休は直ちにその晩のうちに住み慣れた不審庵を出て、舟で淀川を下って、郷里であるこの堺へ帰って来て、秀吉の後の御沙汰を待つことになったのである。

利休に対する秀吉の勘気は文字通り青天の霹靂であった。十三日に不審庵を出て、淀で、そこまでこっそりと見送ってくれた古田織部と細川忠興と別れたが、それ以後利休は今日まで親しい誰とも会っていなかった。それ故自分が如何なることで秀吉の勘気に触れたかは、詳しくは解らなかった。併し、今度の事件に関する巷間の取沙汰は次々に彼の耳にも入っていた。

二、三日前細川忠興がひそかに家臣を寄越して見舞ってくれたが、その使いの者の話によると、昨年の秋大徳寺の古渓和尚が利休のために木像を作り、それを大徳寺の山門の上に安置したが、そのことが不遜な行為として問題になったのであろうということであった、そう言われてみれば、そうかも知れないと彼には思われる。

それから又、大政所（おおまんどころ）や北政所から何とかして関白様に謝罪するようにとの使者もあったが、この方は茶器の鑑定、売買に関することで何か秀吉の不興を買う事があったのではないかということであった。その他、政治的な暗躍の疑をかけられているとか、娘がこの事件の原因に介在しているとか、種々雑多な解釈が世間では行なわれているようであり、そうしたことが一つ一つ利休の耳にも入っていた。成程そう思ってみれば、そのどれもが一概に否定できかねるものを、その何処かに持っていた。

今日は何かがやって来るだろうと、この朝利休が感じたのは、来たるべき最後のものが、やがていつかは来ると思って蟄居以来何となくそれを迎える心の準備はしていたのだが、案外早くそれが自分の身近に迫っていることを彼は知ったのであった。その最後の時の用意は既に出来ていた。

人世七十　力囲希咄（リキイキトツ）
吾コノ宝剣　祖仏共殺ス

と辞世の偈（げ）を認（したた）めたのは一昨日のことである。併しこれを認めた時も、その最後の時が何時来るかは判っていなかった。が、いまはそれがはっきりと彼の心には見えている。その時は、いま自分に来ようとしている。彼は霜柱の厚い庭の面を見渡しながら、その日が他ならぬ今日という日であることを感じていた。感じたと言うよりは信じて疑わないと言った方がいい。信じて疑うべからざる何ものかが今朝の彼を取り巻いていた。

形許り朝食の膳に箸を付け、膳を下げさせると、間もなく婢が細川家からの使者が見えたことを報らせて来た。

「お通し申せ」

と利休は言った。やがてこの前一度訪ねて来たことのある五十年輩の家臣が部屋に現われた。

「何かと御不自由なことでございましょう。主人よりくれぐれもよろしく御見舞せよとのことでございます」

そして、不自由のものがあったら何なりとおっしゃって戴きたい、どうにでもしてお届けしようとのことである。

「いや、何も不自由なものはありません。重ね重ねの御厚情、宗易、身に沁みて嬉しく存じます。お帰りの上、よろしくお伝え下さいますよう」

「いずれにしましても、関白様の御勘気は程なく解けましょう程に、いま暫くの御辛抱でございます。重々、お気を付け下さいますようにとのことでございます」

使者の言葉では、細川忠興も何かと打てるだけの手は打って、秀吉の怒りを解く方策を講じているらしく、もう暫くのことだから怠りなく謹慎の意を表しているようにとの事であった。秀吉の不興の原因が何であろうと、所詮微罪であろうから、たいしたことにはなるまいという希望的な観測を忠興は抱いているのであった。

それに対して利休は別に何の自分の考えも述べなかった。使者が座を立つ時、ただひと言、

「宗易、くれぐれも宜しく申しておりましたとお伝え下さい」

とだけ言った。使いの者を玄関まで送って行った。

そして、利休は居間に引き返すと、婢を招(よ)んで、かねて用意してあった白装束を着て、その上に十徳を羽織った。

部屋を出て行こうとして、目礼してちらっと見上げた婢の顔が、微かに不安なものを湛(たた)えている。利休はそれを感じると、その不安を取り除いてやるつもりで、

「今夜は床に湯婆(たんぽ)でも入れて貰おうかな。昨夜は足が冷えて眠れなかった」

と言った。

「はい」

婢はそのまま出て行った。

婢が出て行くと、利休は座蒲団を縁側近くに置いて、その上に端坐して、花のない庭の

竹叢（たかむら）の一角に視線を置いた。竹の小さい一葉一葉に、朝の陽が輝いている。弱い白い光線である。弱い白い光線だが、じっと見詰めていると、無数の小さい生きものが、竹のどの葉の上でも嘻々（きき）として簇（むら）がり戯れているようである。幾ら見詰めていても、竹の葉の上で戯れ遊んでいる光線の変化は見倦きるということのない不思議な眺めであった。

暫くそうした放心の時間が続いた。

利休は我に返ると、手を敲（たた）いて婢を呼び、硯箱と紙とを持って来させると、筆にたっぷりと墨を含ませ、手紙でも認めるように自在に筆を走らせて行った。

〝宗易今の家、但我死テ後十二ヶ月は子持〟

〝西本家今小路　アケましき事候〟

それから又認めた。

〝やうきひ金の屏風（びょうぶ）壱双（いっそう）〟

〝古渓和尚様進上候也〟

〝金の二枚屏風右ノ　壱こそは紹安也〟

そうした自分死後の遺産の処分に関することを、利休は次々に認めて行った。不思議に斯（こ）うした俗事に関することが、心の障りにならなかった。書き終わると初めから一回読み返し、

〝此書おきに不入候分一円不可存候也〟

と書き添え、花押を書いた。

書き終わると、座を立ってそれを違い棚の上に置き、もう一度、縁近くに坐った。

もう利休の心には何も残っていないようであった。

やがて間もなく死の使いが自分のところへやって来るであろうと思われた。それで万事終わる筈であった。

もう一度婢を呼び、玄関、玄関先をよく掃除しておくように命じた。そしてもう何もする事も、考えておく事もなくなった時、利休は竹叢の方へもう一度視線を投げた。

その瞬間、ふと利休の心のどこかを、自分には死がやって来るのが随分遅かったという考えが、一つの実感として走った。十何年か前、当時まだ信長公の一武将であった秀吉と初めて会った時の事が、鮮かに利休の脳裡に蘇っていた。あの時、既に自分の死は決まっており、自分ははっきりとそれを感じていたと思った。なぜならその時、彼は、彼より十五も若い一人の武将と刺し交えた筈であったからである。

　彼が死を賜わる理由は、本当のことは、木像事件でも、茶器の売買でも、娘のことでも、自分の武人との交りに対する秀吉の誤解でもないことを利休は知っていた。世の誰にも理解されぬ秀吉と自分の二人の間のことであった。二人だけの問題であった。初めて二人が互いに顔を合わせた時の一瞬の烈しい闘いにすべては決定していたのだと思う。なぜならその刺し交えにおいて、二人のうちの孰れかは当然死ななければならなかったからである。

随分死は遅くやって来た！

竹叢に視線を投げたまま、利休はいま、秀吉と初めて会った時以来、十何年間軈ては自分に来ると思っていたものを、静かに迎えようとしているのであった。

天正四年の春のことである。竣工した許りの安土城内には一本の桜の木もなく、普請人足に踏み荒された赤土の上には春の陽がただ物憂く落ちていた。真新しい城壁を伝わって吹き上げて来る風は、不気味なほど生暖かく、いかにも戦国争乱の春らしく、耳を澄ませば干戈の響がどこからともなく聞こえて来そうな、妙に中心のない散漫な春の静けさであった。

前年長篠の合戦で武田軍を破った信長は、居を安土に移し、本格的な海内経略の一歩を踏み出そうとしていた。当時利休は信長の茶堂として、新装なった安土城にあって、信長麾下の武将たちの間に、徐々にその存在を知られつつあった。

そうしたある日の午後、利休は、自分の点前で信長公の御前で茶を賜わっている一人の武将を、不思議な感動で見詰めていた。坂田郡長浜城主羽柴藤吉郎秀吉というこの人物に、その名前こそ時折は耳にしていたが、利休は今まで格別の興味を持ったことはなかったし、注意を払ったこともなかった。まだ四十になるかならぬ無名に近い一武将だが、いま利休の前に現われたこの新しい人物は、利休の知っているいかなる武将よりも勝れていた。見るからに器量抜群であった。

挙措動作も静かであり、表情も穏やかで、口のきき方も、他の武人のように角ばったところはなく、寧ろ武士らしからぬ優しささえ持っていた。併し、風姿のどこかに一点犯すべからざる威厳を自然に具えていた。

茶を喫する態度も、誰から茶を習ったのか法に適い堂々たるものであり、茶器に対しても恐ろしいほどの眼利きであった。信長が先年堺の数寄者から買い上げた茶器名宝を、秀吉は一つ一つ賞讃して行った。

宗及の所有していた菓子の絵、薬師院の所持していた小松島の壺、油屋常祐の所有だった柑子口花入、それから初花の肩衝茶入、法王寺所有の竹杓子、そうした天下の名宝をそつなく褒め称え、それらが卑しき堺の町人共の手から天下に号令せんとする主君信長公の手に帰したことをそれらの名宝のために慶賀すると述べた。

利休は、何ものにも臆さないこの若い武人に大きい感動をもって見惚れるように見入っていたが、

「お眼利き、奇特に存じます」

と、ただひと言静かに言った。言う気持はなかったが、思わず口から滑り出した言葉であった。言ってから、利休ははっとした。相手の心臓に短刀を刺し込んだような気持を、自分の言葉から感じたからである。そして、利休はこの時初めて、自分がこの秀れた武人

を烈しく憎んでいることを知ったのである。

瞬間、秀吉の眼が利休を見た。無感動な眼であった。利休の言葉を額面通り素直に取って悦ぶ眼でもなければ、嵩にかかった利休の言い草に対して怒りを含んだ眼でもなかった。利休は相手が自分という人間に対して何ものをも認めていないことを感じた。強いて言えば利休を見入った相手の眼は全く無感動で、ひどく冷たいものだった。

若し、秀吉の眼が利休を見入らなかったならば、利休の心は傷つかなかったかも知れない。併し、利休の刺のある言葉を相手がはっきりと感じた証拠には、秀吉の視線はかなり長い間——そう利休は感じた——利休の面から離れなかったのである。

茶坊主が何か言い居った——そういった歯牙にもかけない無心なほど冷たい眼であった。そして利休から視線を外した後の秀吉の態度は頗る慇懃であった。

利休は、そうした秀吉の自分を見た眼と同じものが、先刻から茶器を見、道具を見、軸を見ているのを感じていたのだった。この眼は秀吉という人物の持って生まれて来た眼であるに違いなかった。自分とも茶の世界とも無縁な、遠く隔たった眼であった。永久に交叉することのない全く異質の眼であった。智謀と武力と権勢以外、決して何ものをも認めることを知らない眼であるに違いなかった。謂ってみれば大俗物の眼であった。利休は生まれて初めて自分にとって敵と言い得る人間の眼というもののあるのを知ったのであった。

信長の眼には残酷な光もあったが、一面美しいもの、静かなものに感動する素直もあった。が、今彼の前にいる若い武将の眼は全くそれとは違っていた。美しいものとか、静かなものとかには本質的に無縁な眼であった。絶対に、孤独ということを知らない眼であった。

秀吉が信長の御前を退出してから、利休は自室に下がると、一人で暫く呆然としていた。今までに味わったことのない拠りどころのない淋しい気持であった。この世の中で一番貴いものが冒瀆されたような救いのない気持であり、又、将来冒瀆されるかも知れない不安な思いであった。利休はいま会った許りの秀吉という人物が、どうしてこのように気にかかるか自分でも不思議であったが、何か棄てておけないものが突如この世に出現したような、そんな嫌な思いであった。

その日、利休はもう一度、城内の大手門近くで、城内を案内されている秀吉と会った。いまその時、利休は若し自分が武人であったらこの人物と刺し交えるであろうと思った。いま相手を倒さなければ自分が相手から倒されるであろう、そんな気持を持った。

が、勿論、二人は何事もなく目礼して行き過ぎた。利休は鄭重に身を屈め、秀吉はほんの少し頭を下げ、静かに視線を投げ合って、擦れ違った。

空虚なほどうららかな春の光の中で彼が敵と感じた一人の武人の風姿は、いかなる武将にもまして利休には豪快に卓抜して見えた。

この初対面の時の利休の眼に狂いはなかった。秀吉はその後播磨攻略に当たって、相次いで抜群の武勲を樹て、盛名は日を逐うて揚がった。信長の寵愛は増し、天正六年には信長から茶の湯を催すことを許された程であった。

そしてその年の十月十五日には播州三木の城で初めて筑州口切の茶会が開かれたが、この時利休は健康を理由にして出席を断わった。

その茶会で、秀吉は信長から拝領の乙御前の釜を釣り、床にはこれも信長から拝領した牧谿の月の絵を掛け、紹鷗の平高麗茶碗、料理は木の膳に生白鳥の汁に飯という趣向であった。このことを利休はそれに出席した茶匠宗及から聞いて知ったが、利休はその茶会の様を思い描いてみて、やはりこの闘いの天才である武将に何ものかが冒瀆されている思いを棄てることは出来なかった。利休はどうしても秀吉に馴染んで行けなかった。

併し利休はその後間もなく秀吉に対する態度を改めた。茶道を昂揚する政略的意味もあったが、それよりはもっと積極的に、この茶の本質的な世界とは無縁な、それでいて数寄執心の武将に近寄って行ってみたい意欲を感じた。やはり一種の敵意が、利休を秀吉に近付けようとしたのである。利休はこの世の中で最も気に喰わぬ人物に霰釜を贈ったり、時には秀吉と二人で茶道具の鑑定書を連署で認めたりする機会を作った。利休はいつかはこの武人を茶の世界にひれ伏させねばならなかったのである。

そして天正十年の晩秋、山崎の妙喜庵で秀吉の茶会が開かれた時、彼は始めて、宗及、宗久、宗二の一流の茶匠たちと一緒にそれに出席したのであった。本能寺で信長が倒れ、その葬儀が大徳寺で盛大に行なわれた翌月で、秀吉は山崎の築城を終え、盛名が亡き信長に代わって日一日天下に高くなりつつある時であった。

その翌年の正月二月と、二回に亙(わた)って、やはり同じ妙喜庵で秀吉の茶会が開かれ、続いて五月末に坂本でも茶会が開かれたが、利休はいずれもこれらの茶会に出席し、坂本の茶会の時は、初めて秀吉の茶堂という資格で出席したのであった。

床には京生島の虚堂の墨跡、荒木道薫の青磁の蕪(かぶら)なしの花瓶、せめひもの釜、紹鷗の芋頭、大覚寺天目、蛸壺(たこつぼ)の水下、井戸茶碗といった堂々たる部屋の飾りであった。

この時利休は六十二歳であり、七年前、安土の城で刺し交えたいと思った武将と、叡山の山懐(やまふとこ)ろに抱かれた小さい宝石箱のような茶室の中で静かな視線を投げ合ったのであった。その日琵琶湖の湖面は遠くに一枚の布を敷いたように動かず利休の眼には見え、時折それが五月の陽光の下に光るのが何故か彼の心に痛く沁みた。

「お眼利き、奇特に存じます」

と、口では言わなかったが、大俗物に対する闘争の意慾は、利休の心の内に入って寧ろ烈しく燃えていたのである。

その後秀吉は海内統率の実権者として勢威並ぶ者なきに至ったが、利休は決して、この政治的権威者を茶の世界に於ては認めなかったし、秀吉も亦利休を結局は一人の茶という遊びの宗匠として以外何ものも認めていないようであった。

利休は秀吉の茶堂となってからの九年間を、

「お眼利き、奇特に存じます」

という皮肉な短刀を、ある時は露に、ある時はさり気なく秀吉の胸に投げ続けたのであった。

こんなこともあった。いつの年だったか、利休は不審庵の露地に朝顔を植えたことがあった。三本の苗を試みに植えてみたのだが、露地の植込みに蔓を伸ばした朝顔は、毎朝色とりどりの沢山の花を付けた。単なる思い付きでやったことだったが、ひんやりとした静かな露地のところどころに、丁度小さい灯がともったように点々と朝顔の花の咲いている様子は、利休にはひどく美しく見えた。

朝開いて何刻も経たないうちに凋むその花の短い生命も哀れであったし、どこか楚々とした鄙びた花の風情も利休には気に入った。

利休は何人かの客人を招んでこれを観賞させた。そうした客人の誰からか秀吉の耳にこの噂が伝わったものと見えて、ある日秀吉から、

「明日早朝、自分も朝顔の花を見に行く」

という言伝てがあった。

その時利休は、

「悦んでお待ちしています」

という返事を使いの者に持たせてやったのだが、その翌日、秀吉を迎える少し前になって、最後の露地を見廻った際、見事に咲いている朝顔に視線を投げているうちに、ふと利休の心は変わった。自分でも不思議に思われる程の変り方だった。秀吉のこの花を見入っている満足そうな表情を思い浮かべると、それが利休にはどうにも我慢できなくなったのである。

利休は暫くその場に立っていたが、やがてそこに咲いている朝顔の中から一輪だけを選んで摘み採ると、他の朝顔は残らずこれを引き抜いてしまうように言い付け、自分の手で摘んだ一輪だけを持って茶室へ上がり、それを床に活(い)けた。利休は素直に秀吉に露地の朝顔をそのままの姿で見せる気持にはならなかったのである。

秀吉はその朝、期待に反して一輪の朝顔も見当たらない露地を通って、茶室へ入ったが、茶室へ入ってからはっとした面持で、床に活けられてある朝顔の花に眼を留めた。

それは自然の花の素朴な美しさではなく、芸術家利休の心をくぐった芸術作品としての美しさであった。一輪の朝顔の持っているものはもはや先刻まで露地で露を含んで咲いていた時の美しさではなく、周囲の空気をぴたりと押えている凜(りん)とした美しさであった。

利休はある痛ましさをもって自分の心を見詰めていた。秀吉に対する時だけ微塵(みじん)の妥協も影をひそめてしまう自分の心が、次第に興奮が覚めるにつれ、やはり一種の悲しみと痛みをもって疼(うず)いているのを感ずるのだ。

秀吉は、そうした利休のいかにも利休らしい機転の挿花を、さすがは利休だと激賞したが、併し利休はその賞讃の言葉をそのまま素直には受け取ってはいなかった。

たとえその場では秀吉が真実利休の採った態度を感心したとしても、併しやがては、その賞讃の心が時間の経過と共に他の何ものかに変わって行くであろうことを知っていた。なぜなら床の上の一輪の朝顔の花は、大俗物秀吉に対する、利休のさっと突き出した一閃(いっせん)の短刀に他ならなかったからである。秀吉の心の中で、その花の美しさは何時かは、血の吹き出した刀傷として当然疼かずにはおかぬ筈であった。

「関白様の御使者でございます」

と言う声が襖(ふすま)越しに聞こえた。気のせいか、ただならぬ響を持っている声の調子であった。

利休が居住居を直すと、間もなく畳を踏んで来る数人の足音が聞こえて来た。襖が開かれ中村式部少輔一氏の、少し蒼ざめた緊張した顔が先に立って次の間をこちらに近付いて来るのが見えた。

利休は立ち上がると襖の傍に座を変え平伏して使者を迎え入れる態度を取った。

一氏だけが部屋に入り他の者は次の間に控えた。

使者を上座に据えると、利休はそれに向い合って下手に坐り、畳に手をついた前屈みの

姿勢で、少し体を前に差し伸べ、

「お役目御苦労様でございます」

と言った。そして次に死の使者の口から洩れる言葉を待った。使者からなんの言葉も発せられないままに、何刻かが過ぎた。

十何年か前、彼が短刀のように突き出した、

「お眼利き、奇特に存じます」

の言葉に対して、今こそ秀吉から何らかの言葉が返される筈であり、それを去年あたりから時によっては少し遠く感じられる利休の二つの耳は聞く筈であった。

自分は随分長い間、十何年間もただこの瞬間を待っていたのではないか、そんな気持がその時利休はしていた。寧ろ不思議に充足した思いであり、自足した気持であった。彼の心の周囲で何ものかが平衡になろうとしていた。平衡の状態に向かって刻々突き進んでいた。

さらに何刻か過ぎた。

利休ははっとして顔を上げた。この時、中村式部少輔一氏の能面のような無表情な白い顔が大きく揺れて、彼の口から低く言葉が洩れた。よく聞き取れなかった。併し発せられた言葉の中で、利休は、

「死」

という一語だけを、冷たい響で、それだけはっきりと聞いたのであった。十何年の長い間、秀吉と利休との間に置かれ続けた緊張は、この時、張り切った糸がいつかは当然切れねばならぬように、ぷつんと切れたのである。いつか戸外には風が出ているのか、縁先の竹の葉ずれの音が、利休の心には、沁み入るように寧ろある爽やかさで聞こえていた。

解説

末國善己

井上靖は、『敦煌』『楼蘭』などの西域ものと並び、『戦国無頼』『風林火山』を始めとする日本の戦国時代も、歴史小説の大きな柱にしていた。

著者はエッセイ「戦国時代の女性」(『日本の歴史 六』、読売新聞社、一九五九年七月)の中で、戦国時代を多く取り上げた理由を「――戦国時代ほど人間の運命や生き方がくっきりと、あたかも月光に照らされた一本の川筋のように洗われて見える時代はないからである」と説明している。ただ著者の興味は戦国武将にだけ向けられたのではなく、「独立して一人で生きるということは考えられず、いつも男性の庇護のもとに細々と生きていたので、夫を見舞う運命はそのまま女性の運命であり、夫の幸、不幸はそのまま妻の幸、不幸であった。合戦に敗れて、城が落ちると、城主の妻妾はもちろんのこと、城内に仕えていた女たちも、その多くが城に殉じなければならなかった」が、男と同じように「月光下の一本の川筋のようにくっきりと洗われて見える」「女性の生涯」にも関心を寄せていたのである。

織田信長の少年時代から千利休が切腹するまでを十一の短篇でたどる本書『利休の死　戦国時代小説集』は、戦国武将を主人公にした作品だけでなく、乱世に人生を翻弄されながらも力強く生きた女性を描いた作品も収録されている。その意味で、著者の戦国ものの歴史小説のエッセンスが、すべて詰っているといっても過言ではあるまい。

収録作は年代順に並んでいて、巻頭から読むと歴史の流れが追えるようになっており、歴史や歴史小説が苦手でも戸惑うことなく物語の世界に入っていけるだろう。

「桶狭間」は、桶狭間の戦い（一五六〇年）に至る信長の前半生にスポットライトを当てている。

若き日の信長が、奇妙な格好で町を歩き、常識外れの言動をしたため「うつけ」と呼ばれていたのは有名だろう。著者は、こうした信長なエキセントリックな行動が史実だったと認めながら、信長が自分で見つけた価値観と世間のルールの間に齟齬があり、その埋め方が分からなかったことが、信長を奇行に走らせた原因だったとしている。上の世代が押し付けてくる良識、常識への反発は、思春期には誰もが少なからず経験しているはずなので、本作は青春小説としても楽しめるはずだ。

長篠の合戦（一五七五年）は、織田・徳川連合軍の鉄砲隊が、武田軍の騎馬隊を破ったとされる。この戦いで武田方の多田新蔵（ただしんぞう）は捕虜となるが、縄を解いて近くの槍を取り四、五人を倒したという。「篝火（かがりび）」は、勇猛とされてきた新蔵を独自の視点で描いている。

まず著者は、織田・徳川軍が用意した大量の鉄砲が、武田軍を一方的に殺戮した長篠の合戦で捕虜になった新蔵が、あまりに奇妙な戦いの経過をたどったが故に恥も恐怖も感じていなかったとする。それなのに新蔵が死を覚悟して肉弾戦を行ったのは、戦う実感が欲しかったからとしている。戦中派の著者は、長篠の合戦に、人を効率的に殺す最新テクノロジーの前に日本が敗北した太平洋戦争を重ねていたようにも思える。そして兵器の性能がさらに進み、戦争がより人間性を欠いたものになった時代を生きる読者は、本作のテーマを重く受けとめる必要がある。

「平蜘蛛の釜」は、戦国時代を代表する梟雄・松永久秀を主人公にしている。

久秀の前半生はよく分かっていないが、三好家に仕えた三十代前半に、突然、歴史の表舞台に躍り出た。それから約三十年、家中で最大の権力者になった久秀は、三好家の重臣である三人衆（三好長逸、三好宗渭、岩成友通）と対立する。この戦闘で久秀は目的のためなら手段を選ばなかったが、その悪辣ぶりは痛快なほどである。そんな久秀の前に、将軍・足利義昭を奉じて京に入った信長が立ちはだかる。

久秀は権力者におもねることも厭わないしたたかさを身に付けていたが、信長にだけには複雑な感情を抱き、最終的には謀叛を起こす（一五七七年）。著者は、茶道具と世代による価値観の違いから久秀謀叛の理由に迫っており、その解釈には説得力がある。

徳川家康と今川義元の姪・築山殿の間に生まれた信康は、織田信長の娘・徳姫と結婚していたが、信長によって自刃に追い込まれた(一五七九年)。この原因には、信康が乱暴で不行跡があった、女の子しか産まなかった徳姫に冷たくあたり夫婦仲が冷えていた、徳姫と築山殿の嫁姑の関係が悪かった、築山殿が武田家と内通しており信康が連座させられたなど諸説ある。「信康自刃」は、信康が自刃した謎に切り込んでいる。

本作には信長、徳姫、家康、築山殿、信康が出てくるが、主要な登場人物の間に親子、夫婦の情愛らしきものをうかがうことができない。それだけに、不信と憎悪の中で家族の生活が営まれていく静かなサスペンスには圧倒されるのではないか。こうした人間関係が信康の自刃に繋がる展開には、戦国時代の非情さが凝縮されていた。

著者はエッセイ「歴史小説の主人公」(「歴史読本」一九六〇年八月号)の中で、家康の人物像の「判らなさ」を象徴する出来事として信康の自刃を取り上げており、この事件に深く関心を寄せていたことが見て取れる。

天正十(一五八二)年は、天目山の戦いで武田勝頼を自刃に追い込んだ信長が武田家を滅ぼし(四月)、明智光秀が起こした本能寺の変で信長が自刃し(六月)、羽柴秀吉が山崎の戦いで明智を討つ(七月)など、戦国時代の一つの区切りになった年である。「天正十年元旦」は、その年の正月に勝頼、信長、光秀、秀吉がどこで何をしていたのかを描いている。間近に迫る波乱を知らず平穏な年明けを迎えた武将たちの動向は、一寸先が闇である現実に気付かせてくれるので物語が生々しく感じられる。

「天目山の雲」は、信玄の後を継いだ勝頼が武田家を滅ぼすまでを描いている。

歴史小説は、勝頼を愚将として描くことが多いが、著者は、上洛を目指す信玄が家康を一蹴した三方ヶ原の戦いで、勝頼が信玄が認める策を出すなど、父親譲りの将器を持っていたとする。だが家督を継いだ後も、何かあれば信玄に仕えた老臣が口を出し、ことあるごとに偉大な父と比較されるなど、勝頼はなかなか自由に采配が振えなかった。これに信玄の死で弱体化した武田家の国境で紛争が続き、難しい決断を迫られるなか勝頼の判断ミスも続いたことが、武田家の滅亡に繋がったとしている。組織の中にいる不自由さ、偉大な上司の後を継いだプレッシャーは宮仕えをしていると逃れられないので、勝頼の境遇が身につまされる読者も少なくないだろう。

「信松尼記」は、武田信玄の娘として生まれ、信玄を恐れる信長が奇妙丸（後の信忠）との縁談を進めるも、信玄の死による武田家の混乱で状況が一変し、運命の変転に見舞われた松姫（法号・信松尼）の一代記である（一五六一〜一六一六）。決して長い作品ではないが、松姫だけでなく、父、夫の運命によって人生を翻弄された他の女性たちにも目配りがされており、せつない展開が胸に迫ってくる。武将たちを、弱者、敗者の側にいる女性の視点でとらえ直すことで、従来の人物像に一石を投じたことも興味深い。

「森蘭丸」は、晩年の信長が寵愛した小姓の森蘭丸を主人公にしている。

蘭丸が、本能寺の変（一五八二年）で信長と共に命を落としたのは有名な史実である。

本能寺の変は、信長と光秀の不和として語られがちだが、著者は、光秀が蘭丸の父・森可成の後詰にまわらなかったため、蘭丸は居城の宇佐山城が落城したと考えていたとしており、蘭丸と光秀の対立という新たな軸を設けている。信長と光秀、蘭丸と光秀の二重の因縁が本能寺で結び付くなど巧みな構成が光る本作は、歴史小説では定番の題材を従来とは異なる観点から描くことに成功したといえる。

「幽鬼」は、本能寺の変で信長を討つも、短期間で中国戦線から帰還した秀吉との戦いに敗れ、居城のある近江坂本に落ちのびようとする光秀の動向を追っている。そのため、信長を討つ決意を固めながら、本当に謀叛が成功するか確信が持てず悩む本能寺の変直前の光秀の心理も、丁寧に描かれている。後半になると、信長の命令で丹波の波多野氏を滅ぼすも、今度は反対に滅ぼされる立場になった光秀が、波多野氏の怨霊を目にし怯えるようになるので、幻想小説としても秀逸である。乱世とは切り離せない盛者必衰、因果応報の無常観を、叙情性豊かに表現しており強く印象に残る。

織田信長の妹お市と浅井長政との間に生まれた三姉妹（茶々、初、小督）は、賤ヶ岳の戦いで母と義父の柴田勝家が死ぬと、叔父の織田信雄に引き取られた。「佐治与九郎覚書」は、信雄の仲介で小督と結婚した佐治与九郎（一五六九？～一六三四）を主人公にしている。

先に引いた「戦国時代の女性」によると、著者は、秀吉の命令で与九郎から引き離され、羽柴秀勝と結婚させられ、秀勝が文禄・慶長の役で戦死すると、家康の嫡子・秀忠に再嫁と「将棋のコマ」のように動かされた小督に関心を寄せていたようだ。秀忠との間に、後に徳川幕府三代将軍になる家光を生み幸福な後半生を送った小督ではなく、小督と別れた後は確かな事跡が分かっていない与九郎に着目したところには、歴史の敗者、弱者に目を向けた著者らしさが出ている。さらに著者は同じエッセイの中で、「もちろん、小督にとっては最初の大野城主佐治与九郎との結婚が、そのまま無事に続いておれば、それがいちばんしあわせであったかもしれない」と書いているが、本作に触れると読者も同じように感じるかもしれない。

秀吉が、千利休（一五二二〜九一）に切腹を命じた理由には、大徳寺三門の改宗で増上慢があった（自身の雪駄履きの木造を二階に設置し、その下を秀吉が通るようにした）、茶器の売買で私腹を肥やした、二条天皇陵の石を勝手に持ち出し庭石などにした、秀吉が娘を側室に望んだが拒否した、朝鮮半島への出兵を批判した、秀吉政権の内部闘争に敗れたなど諸説ある。そのため利休切腹の謎は、海音寺潮五郎『茶道太閤記』、今東光『お吟さま』、野上彌生子『秀吉と利休』など、現在に至るまで多くの作家を魅了している。表題作の「利休の死」も、この歴史小説の激戦区に挑んだ一篇である。

著者は、切腹の原因を単純化するのではなく、若い頃から秀吉の茶道のあり方に違和感を持っていた利休と、利休に認められていないと確信し無理難題を押し付ける秀吉の確執が、次第に利休を抜き差しならない状況に追いやるまでを丹念に描いており、割り切れない人間心理の複雑さを活写したところは圧巻である。

切腹をいい渡されても心を乱さず、死の準備を進める利休の姿は、美しく老い死んでいくには何が必要かを問い掛ける〝終活文学〟としての普遍性も持ち合わせている。

本書は戦国ものの短篇集だが、著者は「信康自刃」「信松尼記」とリンクする『風林火山』、「佐治与九郎覚書」に出てくる小督の姉・茶々を描いた『淀どの日記』、「利休の死」を発展させた『本覚坊遺文』などの長篇も発表している。本書の収録作で著者の歴史小説に興味を持った読者は、長篇も読んでみて欲しい。

（すえくに・よしみ　文芸評論家）

初出一覧

桶狭間　「オール讀物」一九五二年二月号
篝　火　「週刊朝日別冊」第七号・一九五五年四月
平蜘蛛の釜　「群像」一九五八年十月号
信康自刃　「別冊文藝春秋」一九五三年八月
天正十年元旦　「日本経済新聞」一九五五年一月一日付朝刊
天目山の雲　「別冊文藝春秋」一九五三年四月
信松尼記　「群像」一九五四年三月号
森蘭丸　「講談倶楽部」一九五四年三月号
幽　鬼　「世界」一九五八年三月号
佐治与九郎覚書　「小説新潮」一九五七年五月号
利休の死　「オール讀物」一九五一年四月号

編集付記

一、本書は著者の戦国時代を舞台とした短篇小説を独自に選び、出来事の年代順に編集したものである。中公文庫オリジナル。

一、本書は新潮社版『井上靖全集』第二巻〜第五巻（一九九五年）を底本とした。底本中、人名、地名など固有名詞の誤記および明らかな誤植と考えられる箇所は訂正し、難読と思われる語には新たにルビを付した。

一、本文中、今日の人権意識に照らして不適切な語句や表現が見受けられるが、著者が故人であること、発表当時の時代背景と作品の文化的価値に鑑みて、底本のままとした。

中公文庫

利休の死
——戦国時代小説集

2021年1月25日　初版発行
2021年6月25日　4刷発行

著　者　井上　靖

発行者　松田陽三

発行所　中央公論新社
〒100-8152　東京都千代田区大手町1-7-1
電話　販売 03-5299-1730　編集 03-5299-1890
URL http://www.chuko.co.jp/

DTP　ハンズ・ミケ
印　刷　三晃印刷
製　本　小泉製本

Published by CHUOKORON-SHINSHA, INC.
Printed in Japan　ISBN978-4-12-207012-7 C1193

各書目の下段の数字はISBNコードです。978－4－12が省略してあります。

中公文庫既刊より

ち-8-1
教科書名短篇 人間の情景
中央公論新社 編
司馬遼太郎、山本周五郎から遠藤周作、吉村昭まで。人間の生き様を描いた歴史・時代小説を中心に中学教科書から厳選。感涙の12篇。文庫オリジナル。
206246-7

ち-8-2
教科書名短篇 少年時代
中央公論新社 編
ヘッセ、永井龍男から山川方夫、三浦哲郎まで。少年期の苦く切ない記憶、淡い恋情を描いた佳篇を中学教科書から精選。珠玉の12篇。文庫オリジナル。
206247-4

ち-8-8
事件の予兆 文芸ミステリ短篇集
中央公論新社 編
大岡昇平、小沼丹から野坂昭如、田中小実昌まで。非ミステリ作家による知られざる上質なミステリ十編を一冊にした異色のアンソロジー。〈解説〉堀江敏幸
206923-7

お-2-12
大岡昇平 歴史小説集成
大岡 昇平
「挙兵」「吉村虎太郎」など長篇『天誅組』に連なる作品群ほか、「高杉晋作」「竜馬殺し」「将門記」など戦争小説としての歴史小説全10編。〈解説〉川村 湊
206352-5

の-17-1
野呂邦暢ミステリ集成
野呂 邦暢
「失踪者」「もうひとつの絵」「剃刀」など中短篇八編とエッセイを併せて年代順に収録。推理小説好きを自認した芥川賞作家のミステリ集。〈解説〉堀江敏幸
206979-4

や-1-2
安岡章太郎 戦争小説集成
安岡 章太郎
軍隊生活の滑稽と悲惨を巧みに描いた長篇「遁走」ほか、短篇五編を含む文庫オリジナル作品集。巻末に開高健との対談「戦争文学と暴力をめぐって」を併録。
206596-3

よ-17-14
吉行淳之介娼婦小説集成
吉行 淳之介
赤線地帯の疲労が心と身体に降り積もり、街から抜け出せなくなる繊細な神経の女たち。「赤線の娼婦」を描いた全十篇に自作に関するエッセイを加えた決定版。
205969-6